www.ingramcontent.com/pod-product-compliance
Lightning Source LLC
Chambersburg PA
CBHW080837250626
47160CB00009B/2969
9780463943496

غرام خلف الخطوط

عشرة قصص قصيرة

جمع وتحرير: رأفت علام

مكتبة المشرق الإلكترونية

صدر في نوفمبر 2019 عن مكتبة المشرق الإلكترونية – مصر

Table of Contents

غرام خلف الخطوط

عنود..

عبرت طائرة إسرائيلية سماء صحراء (سيناء)، في ذلك اليوم المشئوم، من الأسبوع الأول من يونيو، عام ألف وتسعمائة وسبعة وستين.. وراح طاقمها من مقاتلي الصاعقة الإسرائيليين يمسحون رمال الصحراء بعيونهم، بحثًا عن ضحية جديدة من شباب (مصر)، الذين قُتلوا بدم بارد وسط رمال صحرائهم، في أكبر مذبحة عرفها التاريخ، منذ مذابح التتار..

ولم ترصد عيون طاقم الطائرة سوى عشرات أو مئات الجثث، التي خمدت حركتها، والتي ترتدي كلها زي الجيش المصري..

وابتعدت الطائرة، وطاقمها يسخر من تلك الهزيمة النكراء، التي كبدها للجيش المصري، في حرب خاطفة سريعة مباغتة..

ولم تكد الطائرة الإسرائيلية، ذات النجمة السداسية تبتعد، حتى نهضت إحدى الجثث، وراح صاحبها ينفض رمال الصحراء عن زيه العسكري، الذي يحمل على كتفيه رتبه ملازم ثان، وهو يقول في مرارة:

- أيها الأوغاد.. ستدفعون الثمن يومًا.. ثمن دماء رفاقي.

حمد الله (سبحانه وتعالى) في أعماقه، على أنه قد نجا هذه المرة أيضًا، ثم حمل سلاحه، وراح يواصل طريقه نحو القناة، والمرارة تملأ نفسه..

تردد في عقله وقع تلك الكلمة البغيضة..

الانسحاب..

آخر كلمة كان يتوقعها، منذ أعلن الرئيس عن حشد القوات على الجبهة..

هو رفاقه من مقاتلي الجيش المصري صدقوا أنها نزهة، قد تنتهي في (تل أبيب)، بقليل من الجهد وكثير من البساطة..

ثم جاءت المذبحة..

وجاءت النكسة.

انحدرت دمعة ساخنة على خده، وهو يجر قدميه جرًا فوق الرمال، التي أصطبغت بدماء الشهداء..

وتساءل بدوره: أسينجو، أم تسيل دماؤه لتختلط بدماء رفاقه وقادته..

إنه الوحيد الذي بقى على قيد الحياة، بعد أن أبادت الطائرات الإسرائيلية كتيبته كلها..

كل قادته وجنوده..

إنه يجهل حتى لماذا بقى هو بالذات؟..

لا ريب أنه قدره..

وعمره..

بلغ مع مسيرته الطويلة تلا رمليًا قصيرًا، فجلس إلى جواره يستريح من عناء السير، ويجفف شيئًا من عرقه الغزير، إلا أن أذنه ألتقطت هديرًا يقترب، فأسرع يصعد التل..

وهاله ما رأى..
كانت هناك كتيبة كاملة من الدبابات الإسرائيلية تتجه نحوه مباشرة، ولم يكن هناك مكان واحد يختبئ فيه..
وأدرك أن الموت قد صار حتميًا هذه المرة..
وأنه لن ينجو..
وفي حزم رجل لم يعد لديه بديل عن الموت، جذب (رأفت) إبرة مدفعة الرشاش، واستعد لمواجهة كتيبة الدبابات كلها..
وفجأة سمع من خلفه همسًا يقول:
- هل جننت؟
التفت في حدة إلى مصدر الصوت، وكاد يدير فوهة مدفعه إليه، ويطلق النار.. إلا أن يده تجمدت على الزناد، واتسعت عيناه في ذهول، وهو يحدق في صاحب الصوت..
أو في صاحبته على وجه الدقة..
لقد رأى أمامه حورية من حوريات الجنة..
فاتنة يكفي سحرها لتنسى الحرب بكل أهوالها، حتى وأنت تواجه كتيبة دبابات كاملة، بمدفع آلي واحد..
كانت تقف في مواجهته فتاة خمرية اللون، لها شعر أسود ناعم طويل، ينسدل على كتفيها، من تحت منديل رأس مزركش، ويتطاير في رقة ونعومة حتى بلغ منتصف ظهرها، وعيناها الواسعتان تبدوان كبحيرتين من ذهب أسود لامع، تظلله رموش طويلة ساحرة.. أما شفتاها فهما قطعة من نعيم الجنة وسحر الشرق وفاكهة البساتين..
باختصار كانت ساحرة.. وقبل أن ينبس (رأفت) بحرف واحد، أمسكت أصابعها الرقيقة الدافئة بمعصمه، وهي تقول في حزم:
- لا فرصة لك في النجاة.. قذيفة مدفع واحد ستحولك إلى أشلاء.
تمتم مذهولًا مشدوهًا، بذلك السحر الذي يسيل من عينيها:
- من أنت؟
جذبته إليها، قائلة في حزم:
- لا وقت لهذا الآن.. سأخبراك فيما بعد.. المهم أن نبتعد.
سألها مشدوهًا:
- إلى أين؟
أجابته وهما يبتعدان عن التل الرملي:
- إلى حيث النجاة.
تبعها في صمت، وقد نسي بالفعل كل ما يتعلق بالحرب والدماء..
لم يكن يتصور أبدًا أن هذا ممكن..
لم يكن ليصدق حتى أن يفعل مخلوق عاقل هذا..
لقد تبعها كالمأخوذ، مفتونًا بذلك الفيض من السحر، الذي يسيل منها، وهو يملأ عينيه بفتنتها، حتى توقفا، فالتفتت إليه قائلة:
- لن يعثروا عليك هنا.
سألها في شرود:

- من هم؟
قالت في حدة:
- الإسرائيليون.. هل نسيتهم؟
تطلع إليها في دهشة..
لقد نسيهم بالفعل..
نسى الحرب كلها أمام سحرها..
وسألها مفتونًا:
- ماذا فعلت؟
أجابته في جدية:
- لقد سلكت دربًا يجهلونه، وتجهلونه أنتم أيضًا.. إنها دروب لا يعرفها سوى البدو من أمثالنا.
البدو؟!..
بدت له الكلمة عجيبة مبهمة في البداية، ثم انتبه فجأة إلى أن تلك الفاتنة، التي تقف أمامه، ترتدي ثياب البدو المزركشة بالفعل، فغمغم مبهوتًا:
- أأنت بدوية؟
أطلقت ضحكة قصيرة، وهي تقول:
- ألم تلحظ ذلك إلا الآن؟
قال في خفوت:
- سحرك يخفي كل شئ آخر.
تضرج وجهها بحمرة خجل خفيفة، وهي تغمغم:
- حتى الحرب؟
أجابها:
- حتى الجحيم نفسه.
تضاعف حمرة الخجل في وجنتيها، وتمتمت في خفوت شديد:
- لا وقت لهذا.
ثم استعادت لهجتها الحازمة، وهي تضيف:
- ينبغي أن نعيدك إلى الضفة الغربية أولًا.
قال في صدق:
- أريد أن أبقى معك.
تمتمت وكأنها تأسف لقولها:
- أنت تعلم أن هذا مستحيل.
ثم أمسكت معصمه مرة أخرى، وهي تقول:
- هيا.. ينبغي أن تذهب.
قادته عبر دروب خفية إلى حافة القناة، وأشارت إلى الضفة الأخرى، وهي تسأله في خفوت:
- أيمكنك أن تسبح؟
ملأ عينيه بجمالها وفتنتها، قبل أن يقول:
- تعالي معي.
جذبت يدها من يده، وهي تقول:

- اذهب.. هيا.

وابتعدت عنه في سرعة، فهتف بها:

- انتظري.

صاحت ودموعها تترقرق في عينيها:

- اذهب.. اذهب قبل أن يفوت الوقت.

هتف في مرارة:

أخبريني ما اسمك على الأقل.. أنا اسمي (رأفت).. (رأفت جمال الدين)

بدت دموعها واضحة هذه المرة، وهي تلتمع تحت أشعة الشمس، مع ارتجافة شفتيها، وهي تقول:

- اسمي (عنود).

صاح بها:

- (عنود) ماذا..؟

ابتسمت ابتسامة حزينة، وهي تقول:

- (عنود) فحسب..

قبل أن يضيف حرفًا واحدًا، كانت قد تورات خلف تل قريب..

وعاد (رأفت) إلى موطنه سابحًا..

عاد بعد أن ترك قلبه هناك..

في (سيناء)..

❁ ❁ ❁

المصاب

رقد (رأفت) على فراشه، في ذلك المستشفى العسكري، الذي تم نقله إليه، بعد أن بلغ ضفة القناة الغربية سباحة، وهو يحمل قدمين متورمتين، وجسدًا أثخنته الجراح، ونفس أمدتها الهزيمة بجرعة لا نهائية من المرارة واليأس..

ولكن قلبه كان يحمل شعلة من نار محببة..

نار الحب..

إنه لم ينس وجه (عنود) أبدًا..

لم ينس حسنها وفتنتها وسحرها..

إنه حتى في هذه اللحظة، وهو يعالج من آثار النكسة، لا يذكر سواها..

هل أحبها حقًا؟!..

هل يمكن أن يولد الحب في قلب الجحيم؟..

هل يمكن أن ينبت الزهر، في صحراء الدم؟..

حاول أن يناقش الأمر بعقله، وأن يقنع نفسه بأنه لم يحبها حقًا، وأن شعوره نحوها لا يتجاوز العرفان بالجميل، بعد إنقاذها لحياته، والافتتان بسحرها الآخاذ، الذي برز له فجأة، في خضم الصراع..

ولكن لا..

إنه يدرك جيدًا معنى تلك الخفقات في قلبه..

صحيح أنه لا يملك تفسيرًا عقلانيًا وحيدًا، لتلك الرابطة السريعة، التي نشأت بين قلبه وقلبها، ولكنه يعلم جيدًا أنه قد أحبها..

إنه لم يكن أبدًا من المهتمين بعلاقاته مع الجنس الآخر.. ولم يكن أبدًا من أولئك الذين تخفق قلوبهم في سهولة، لكل فاتنة ساحرة..

ولكنه أحب هذه المرة..

أحبها بعمق..

قطع سيل أفكاره دخول رجلين في ملابس عسكرية إلى حجرته، وقال أحدهما، وهو يتطلع إليه، وشفتاه تحملان ابتسامة رسمية:

- صباح الخير أيها الملازم.

حاول أن يعتدل، وهو ينقل بصره بين الرتب الكبيرة، المثبتة على كتفي الرجلين، قائلًا في احترام:

- صباح الخير يا سيدي.. يؤسفني أنني.....

قاطعه أكبرهما رتبة:

- لا داعي للنهوض.. ابق كما أنت.

ثم جذب مقعدًا،وجلس إلى جوار فراشه، في حين بقى الآخر واقفًا، يتطلع إليه في اهتمام، وسأله الجالس، الذي يحمل رتبة عميد:

- في أية وحدة كنت تخدم؟

أخبره برقم وحدته، واسمه كاملًا، وآخر موقع للوحدة، والعميد يومئ برأسه موافقًا، وكأنما يعلن على نحو غير مباشر، أن تلك المعلومات تتوافق مع المعلومات المتوافرة لديه، ثم مال نحوه يسأله في إهتمام:

- قل لي يا (رأفت)، لقد كان موقع كتيبتك منخفضًا، وكنتم محاصرين في كل الاتجاهات تقريبًا، ولقد أبيدت الكتيبة تمامًا، فكيف أمكنك وحدك أن تتجاوز هذا الحصار، وأن تصل إلى هنا سالمًا؟

ازدرد (رأفت) لعابه، وهو يستعيد ذكرى ما حدث، وأجاب:

- هي ساعدتني على هذا.

عقد العقيد الواقف أمام الفراش حاجبيه، وهو يتطلع إليه، في حين رفعهما العميد الجالس، وهو يقول في دهشة:

- هي؟!.. من هي؟؟

أومأ (رأفت) برأسه إيجابًا، وهو يقول:

- نعم.. إنها بدوية من بدو (سيناء).. لقد أرشدتني إلى دروب خفية، أمكننا تجاوز الحصار عبرها، حتى بلغنا القناة.

تبادل العميد والعقيد نظرات بدت غامضة بالنسبة لـ(رأفت)، قبل أن يسأله العميد في اهتمام بالغ.

- وما اسم تلك البدوية؟

أجابه (رأفت) في سرعة، وبصوت يحمل كل مودته وحبه لها:

- (عنود).

عاد العميد والعقيد يتبادلان تلك النظرة الغامضة، ثم ارتسمت على شفتي العقيد ابتسامة هادئة، وهو يقول:

- حمدًا الله على سلامتك أيها الملازم.. هيا.. استعد العودة إلى الصفوف سريعًا.

نهض العميد، وهم الإثنان بالانصراف، إلا أن (رأفت) نهض ليجلس على طرف فراشه، وهو يقول في لهفة:

- سيدي.

التفت إليه الإثنان، وسأله العقيد في هدوء:

- ماذا تريد أيها الملازم؟

سأله (رأفت) في لهجة بدت أقرب إلى الضراعة:

- هل تعرفها؟

رفع العقيد حاجبيه، وهو يقول:

- أعرف من؟!

بدا صوته أكثر خفوتًا وضراعة، وهو يهمس:

- البدوية.

مضت لحظة من الصمت والجمود، كأنما مشاعر الجميع قد تحولت بغتة إلى ما يشبه صورة فوتوغرافية باردة، قبل أن ترتسم على شفتي العقيد ابتسامة باهتة، وهو يقول:

- وأني لي أن أعرفها؟ إنها مجرد...

صمت لحظة، ثم اكتست ابتسامة بشئ من الغموض، وهو يضيف..

- بدوية.

لم ينبس (رأفت) بحرف إضافي واحد، وهو يتابع العميد والعقيد ببصره، وهما يغادران حجرته، ويغلقان بابها خلفهما، ولكنه أدرك بعقله وقلبه ومشاعره، أن الأمر يحمل علامة استفهام ضخمة..

❋ ❋ ❋

الاستنزاف..

عام كامل مضى على تلك الأحداث..

عام بدا لـ(رأفت) أشبه بدهر كامل..

إنه لم ينس أبدًا (عنود)، طوال ذلك العام..

لم ينس عينيها السوداوين الواسعتين، ولا ذلك السحر الفاتن في شفتيها، ولا تورد وجنتيها خجلًا..

لم ينس لمحة واحدة من لمحاتها..

ومع كل يوم يمضي، كانت لهفته لرؤيتها تشتد، وشوقه إليها يشتعل..

ومن أجلها، طلب يعمل على الخط الأمامي للجبهة..

لم تعد القناة خطًا يفصل بين (مصر) وكرامتها في رأيه فحسب، وإنما صارت مانعًا يحول بينه وبين نبض قلبه، الذي تركه خلفه في (سيناء).

ولم يعد خط (بارليف) خطًا دفاعيًا إسرائيليًا فحسب، وإنما هو حاجز يمنعه من الوصول إليها..

وفي كل لياليه، كان (رأفت) يجلس على حافة القناة، وعيناه تتعلقان بالشاطئ الآخر لها..

حيث كانت تقف (عنود)..

وبعين الخيال، كان يراها في كل ليلة، وهي تبتسم، وحمرة الخجل ترتفع إلى وجنيتها، والتماعة دمع تضئ عينيها.. تمامًا كما رآها آخر مرة.. وفي تلك الليلة، كانت كتيبته كلها تنتظر عودة بعض الرجال، اللذين عبروا إلى الضفة الشرقية سرًا، في إطار حرب الاستنزاف، لتدمير أحد مخازن العدو الرئيسية للذخيرة..
وكان وحده يحسد من ذهبوا إلى هناك..
لم يكن يحسدهم؛ لأنهم ذهبوا يقاتلون من أجل وطنهم، ولكن لأنهم ذهبوا إلى حيث هي..
إلى حيث (عنود)..
ثم دوى الانفجار..
انفجار رهيب، اهتزت له المنطقة كلها..
وخفقت قلوب الرجال..
لقد انفجر مخزن الذخيرة المنشودة..
لقد نجح الأبطال في مهمتهم..
وهنا قفز سؤال إلى كل الرءوس..
هل نجوا؟..
هل نجا الرجال، بعد إتمام مهمتهم؟..
لم يكد السؤال يملأ الأذهان، حتى أتى الجواب على الفور، على هيئة زورق مطاطي، يعبر القناة في سرعة، وعلى متنه الأبطال الخمسة كلهم..
وتهللت الأسارير..
لقد نجحوا، ونجوا..
نسفوا المخزن، دون أن يخسروا رجلًا واحدًا.
وأسرعت الكتيبة كلها تستقبل الأبطال، وتمنحهم التهنئة والمودة والدفء..
والتقى (رأفت) بالأبطال الخمسة، وسألهم في لهفة:
- هل نجحت العملية تمامًا؟
هتف أحدهم في سعادة وحماس:
- نعم.. نجحت إلى أقصى حد.
وتنهد آخر، وهو يضيف:
- حمدا لله.. كدنا نفشل في الخطوة الأخيرة، عندما انتبه الإسرائيليون إلى وجودنا.
وهنا أضاف ثالث في ارتياح:
- لولاها.
لم يكد الثالث ينطق تلك الكلمة، حتى ارتجف جسد (رأفت) في شدة، وخفق قلبه خفقة لم يخفق مثلها منذ عام كامل، وهو يهتف:
- لولاها؟!
أومأ الأول برأسه إيجابًا، وهو يقول:
- نعم.. كدنا نفشل لولا ملاك حارس، هبط إلينا من السماء، في صورة بدوية فاتنة، هي أجمل من وقعت عليه عيناي من النساء، في عمري كله.
عاد جسد (رأفت) ينتفص، وخيل إليه أنه يعجز عن النطق والوقوف، فترك جسده يستقر على طرف فراش قريب، والرجل يستطرد في حماس:

ـ لقد انتبه الإسرائيليون إلى وجودنا، وحاولوا منعنا من نسف مخزن ذخيرتهم، ولكنها ظهرت فجأة.. وأرشدتنا إلى وسيلة الفرار، عبر دروب لم أكن أدرك وجودها من قبل.. ولم ينتبه الإسرائيليون إلينا بالفعل، حتى بلغنا شاطئ القناة. ولقد تولت هي مهمة ضغط زر التفجير في المخزن.. هل رأيت ما هو أروع من هذا؟.. هي التي نسفته.

بذل (رأفت) مجهودًا خرافيًا، لتخرج الكلمات من بين شفتيه متحشرجة، تموج بالانفعال، وهو يغمغم:

ـ وأين.. أين ذهبت؟

أجابه الرجل في ثقة:

ـ لا ريب أنها قد عادت أدراجها، فهي تعلم من الطرق ما يجعلها تعبر بين أصابع جندي إسرائيلي حذر، دون أن ينتبه حتى إلى وجودها.

وتنهد مضيفًا:

ـ إنها رائعة.. لن أنسى اسمها أبدًا.

قفزت الكلمة من بين شفتي (رأفت) بغتة:

ـ (عنود).

تطلع إليه الرجال الخمسة في دهشة، وهتف أحدهم:

ـ هل تعرفها يا سيدي؟

لم ينطق (رأفت) سوى بكلمة واحدة:

ـ أعرفها؟!

أراد أن يخبرهم أنه ما من مخلوق في الكون كله يعرفها سواه..

إنه لا يعرفها فحسب..

إنه يحبها..

يعشقها..

يذوب في سحر شفتيها..

في بحر عينيها..

لم يقل حرفًا واحدًا من كل هذا..

فقد تطلع إليهم في صمت، وقال:

ـ نعم.. أعرفها.

لم يسأله أحدهم المزيد..

لقد تصوروا أنه يعلم عنها ما لا يجوز الإفصاح عنه..

أسلوبه أوحى إليهم أنها أحد أسرار (مصر) العسكرية..

ولقد تعلموا كيف يصونون تلك الأسرار..

وكيف يحفظونها..

وران الصمت طويلًا على المكان، ثم كان صوت (رأفت) هو أول من حطمه، وهو يقول:

ـ متى تقومون بعمليتكم التالية؟

هز قائدهم كتفيه، قائلًا:

ـ عندما ترد أوامر جديدة يا سيدي.

أومأ (رأفت) برأسه متفهمًا، وغمغم!

- نعم.. عندما ترد أوامر جديدة.

غادر المكان شاردًا، واجمًا، وقلبه يخفق في عنف..

- إذن فهي هناك..

على بعد كيلو مترات منه..

يا لشوقه إليها!!..

يا للهفته للقائها!..

اتجه إلى خيمته، وألقى جسده على فراشه، وهو يتساءل: كم هو صغير هذا العالم!..

لقد وجدها بعد عام كامل من الفراق..

ولكن الأمر لم يختلف كثيرًا..

مازال هناك مانعان يحولان بينه وبينها..

ولكنه وجدها..

ومن المستحيل أن يفقدها مرة ثانية!..

هذا هو المستحيل حقًا..

وفي حزم، نهض من فراشه، واتجه إلى حجرة قائد الكتيبة، وأدى التحية العسكرية، ثم قال في صوت رجل اتخذ قرارًا نهائيًا، وحسم أمره بلا تردد:

- سيدي.. أريد مشاركة الرجال في عبورهم القادم، إلى الضفة الشرقية.

وكان له ما أراد..

❈❈❈

المواجهه..

لم يكن الأمر سهلًا..

لقد انتظر (رأفت) طويلًا..

انتظر شهرًا كاملًا، وهو يكاد يلتهب شوقًا.. ولهفته للعبور تتضاعف يومًا بعد يوم، حتى بلغت ذروتها، في ذلك اليوم الذي وصلت فيه الأوامر الجديدة...

كانت أوامر محددة، تتطلب من الرجال العبور إلى الضفة الشرقية، تحت الستار من ظلام دامس، في ليلة يغيب فيها القمر، والتسلل إلى مخزن الذخيرة الثاني، ونسفه..

نفس الخطة الأولى تقريبًا، مع اختلاف التفاصيل..

وراح قلب (رأفت) يخفق في قوة، وهو يطلى وجهه بلون أسود، وينضم إلى الرجال الخمسة، في طريقهم لعبور القناة..

كانت في عيون الجميع عملية انتحارية عنيفة، تهدف إلى القتل والنسف والتدمير..

وفي عينيه هو كانت رحلة حب..

رحلة يجتاز به العوائق والحواجز والموانع، ويذهب به إليها..

إلى (عنود)..

إلى البدوية التي عشقها..

إلى مالكة قلبه..
وعبر الزورق المطاطي الأسود القناة في بطء وحذر، وفارقه راكبوه الستة، ليتسللوا عبر ثغرات خاصة في خط (بارليف) إلى قلب (سيناء)، حيث يقبع الهدف في انتظارهم..
ولم يكد قدماه يلمسان أرض (سيناء)، حتى خفق قلبه في قوة وعنف.. وحب..
وتسلل مع رفاقه إلى حيث الهدف، وأشار أحد الرجال إلى مبنى كبير، تخفيه بعض التلال الرملية عن العيون، وقال هامسًا:
- هاهو ذا الهدف.. إنه واحد من أكبر أربعة مخازن ذخيرة وضعها هؤلاء الأوغاد على أرضنا.
ابتسم آخر، وهو يقول في حزم:
- ما هي إلا ساعات، ويصبح أثرًا بعد عين..
أضاف ثالث:
- وليدفع الأوغاد الثمن..
كان (رأفت) يستمع إلى كل هذا شاردًا..
صحيح أنه مستعد لبذل حياته من أجل (مصر)..
ولكنه آتى هنا من أجلها هي..
من أجل البدوية الفاتنة..
كان قلبه ينتفض بين ضلوعه، وهو يدعو الله (سبحانه وتعالى) أن ييسر له رؤيتها والتطلع إلى وجهها الساحر الجميل..
حتى وهو يتسلل مع رفاقه إلى الهدف، كان يحلم برؤيتها..
ثم لم يلبث الحلم أن ذاب مع حماسه، عندما صار أمام الهدف..
وبدأت العملية..
في خفة وسرعة، انقض مع رفاقه على حراس المخزن، وتخلصوا منهم في صمت ومهارة، ثم انقسموا إلى فريقين..
فريق راح يزرع القنابل حول الهدف، والفريق الآخر يؤمن ظهره..
وفجأة أضيئت الأنوار الكاشفة، وارتفع صوت يقول بعربية ركيكة:
- استسلموا وألقوا أسلحتكم.. لقد انكشف أمركم.
وأعقبت الكلمات رصاصات قاتلة، انهمرت على الرجال الستة، فلقى اثنان منهما مصرعهما على الفور، وهتف (رأفت) في الباقين:
- احتموا وقاتلوا.
- احتمى الأربعة بأجساد بعض الحراس، وراحوا يتبادلون إطلاق النيران مع الحراس في بأس، حتى هتف أحدهم:
- لابد أن نبتعد عن هنا في سرعة، و إلا فلن تكون هناك فائدة للقتال.. سينفجر المخزن بعد قليل، وسنلقى حتفنا معهم.
أدار (رأفت) عينيه في المكان، يبحث عن مخرج من هذا المأزق، ثم لم يلبث أن أشار إلى تل رملي قريب، وهو يقول:
- لو أمكننا بلوغ هذا التل، فسنحتمي به حتى نبلغ الزورق.
هتف أحد الرجال:

- بلوغه يبدو لي مستحيلًا.. فلكي نصل إليه، يتحتم علينا أن نعدو مائة متر في العراء، تحت مظلة من رصاصات هؤلاء الأوغاد.
صاح (رأفت) في حزم:
- والبقاء هنا معناه الاستسلام للموت.. لا.. إنني أفضل المحاولة.
قفز الجميع من أماكنهم بغتة، وانطلقوا يركضون عبر الأمتار المائة العارية، والرصاص ينهمر عليهم كالمطر..
وسقط واحد..
وسقط آخر على بعد أمتار قليلة من التل..
ثم أصيب رفيق (رأفت) الأخير في ساقه؛ فسقط أرضًا، وهو يهتف به:
- انطلق أنت يا سيادة الملازم.
توقف (رأفت)، وقال وهو يعود أدراجه:
- لا.. سنذهب معًا.
حمل زميله، على الرغم من الرصاصات المنهمرة، وراح يدفع جسده معه نحو التل، في حين ارتفع من خلفه ذلك الصوت، الذي يقول بالعربية الركيكة:
- لم تعد هناك فائدة من الفرار.. لقد عثرنا على زورقكم، ودمرناه.
هبطت العبارة على قلبه كالصاعقة، إلا أنه لم يتوقف، وواصل سيره حتى بلغ التل، والعرق يغمر وجهه، ويغمر وجه رفيقه، الذي تمتم في ضعف:
- اتركني يا سيادة الملازم.. حملي يعوقك.
أجابه في حسم من لا يقبل لقراره نقاشًا.
- لا.
تمتم الرجل، وهو يبذل جهدًا رهيبًا، ليلفظ الحروف والكلمات:
- لا فائدة.. حاول أن تستمع لمنطق العقل ياسيدي.. وجودنا معًا يعني موت كلينا حتمًا، أما تركك لي، فقد يعني نجاتك، أي أنني ميت في الحالتين، ولا فارق عندي، أتركتني أم حملتني.
أجابه في صرامة:
- قلت لك كلا.
ثم زفر في توتر، وأضاف:
- ربما كان ذلك العبري الوغد كاذبًا.. إنه يعلم بالتأكيد إننا قد أتينا في زورق.. وربما كانت عبارته لتحطيم قوانا المعنوية فحسب.
هتف الرجل في إعياء تام:
- اذهب يا سيادة الملازم.. أرجوك.
لم يجادله (رأفت) هذه المرة..
كان يعلم أن الرجل على حق، وأن البقاء يعني الموت..
ولكنه لم يكن يستطيع أن يترك رفيقه..
طبيعته كانت تمنعه من أن يفعل..
لقد كان من ذلك النوع النادر، الذي يفضل الموت مع رفيقه، على الحياة وحده..
وعندما كرر زميله مطلبه، وهو مشرف على فقدان وعيه، أجابه في حزم شديد، وهو يعد مدفعه الآلي لقتال يائس بلا أمل:

- لا يا (علي).. لن أذهب وحدي..

وفجأة أتى صوت من خلفه، يقول:

- ربما يمكنكما أن تذهبا معًا.

انتفض جسده في شدة، عندما مست الكلمات شغاف قلبه، وهي تحمل ذلك الصوت الهادئ الواثق الرقيق، فاستدار جسده كله في سرعة وحدة إلى مصدر الصوت..

ووجد نفسه أمامها.

أمام (عنود)..

❀❀❀

لقاء في قلب النار..

لم ينبس ببنت شفة، وهو يتطلع إليها..

لم تبدر منه حركة ولو ضئيلة..

لقد تجمد تمامًا، حتى ليخيل للناظر أنه و(عنود) قد استحالا تمثالين من الرخام، لولا شعرها الناعم الطويل، الذي تتلاعب به النسمات الرقيقة..

تمامًا كما رآها آخر مرة..

خمرية فاتنة ساحرة، يتطاير شعرها الفاحم في نعومة، حتى منتصف ظهرها، وتتطلع إليه بعينين سوداوين ساحرتين، كليل بلا نجوم، وتكاد شفتاها تنطقان اسمه في نغم موسيقى حالم..

لحظتها نسي دقة موقفه..

نسي الدنيا كلها..

وبكل الحب الذي اختزنه قلبه، طيلة عام كامل، همس:

- (عنود).

خيل إليه أن حمرة الخجل قد تصاعدت إلى وجنتيها، وهي تقول:

- هيا.. لا وقت للانتظار.

هتف في حب:

- لقد انتظرتك عامًا كاملًا.

قالت في حنان:

- لم يكن شوقك كشوقي.

تهللت أساريره، وهو يهتف:

- (عنود).. أتعنين...

قاطعته ووجهها يتورد حياء:

- نعم.. لست أدري كيف حدث هذا، ولكن سهم الحب الذي أصابك قد نفذ في قلبينا معًا، في آن واحد.

كاد قلبه يرقص طربًا، وهو يهتف:

- رباه!! ما أسعدها من كلمات!!

ابتسمت في حب، وهي تقول:

- هيا.. لا تضع الوقت.
تقدم نحوها في لهفة، وهو يتمنى أن يحتويها بين ذراعيه، ولكنها تراجعت جافلة، وقالت:
- لا.. لا تلمسني.
توقف مبهوتًا، وهو يسألها:
- لماذا؟
أطرقت بوجهها أرضًا، وغمغمت:
- ليس هذا بيدي.
ثم عادت ترفع عينيها إليه، مستطردة:
- والآن هيا.. هيا.. الإسرائيليون يقتربون.
تطلع إلى ساعته، قائلًا:
- سينفجر مخزن ذخيرتهم بعد دقيقة واحدة.. إننا نستخدم قنابل زمنية هذه المرة.
ابتسمت في حنان، وهي تقول:
- هذا أفضل بالتأكيد.
ملأ عينيه بحسنها الآسر، وهو يقول:
- (عنود).. أريد أن أبقى إلى جوارك.
تمتمت:
- لم يحن الوقت بعد.
ثم أشارت إلى (علي)، الفاقد الوعي، وأضافت
- ولا تنس أنك مسئول عن حياته أيضًا.
تطلع إليها في أسف، في نفس اللحظة التي دوى فيها انفجار المخزن..
لماذا يفعل به القدر هذا؟..
لماذا جمعهما، ليفرقهما في الوقت ذاته؟..
وفي حب وشوق ولهفة وحزن، راح يتطلع إليها..
لم يدر لحظتها سر تلك الحيرة التي شعر بها، وهو ينظر إلى حسنها..
كان هناك شئ ما يبدو عجيبًا في هيئتها..
دائمًا هناك غموض حولها..
غموض عجيب..
وفي استسلام، حمل زميله (علي)، وتطلع إليها، فقالت:
- اتبعني.
تبعها في صمت، وهي تعبر به دوريًا خفية كعادتها، وخيل إليه أنها تسبح في الهواء، من شدة رقتها، حتى بلغت به وبزميله الشاطئ، وأشارت إلى الضفة الأخرى، قائلة:
ستسبح هذه المرة أيضًا.. الاختلاف الوحيد هو أنك ستحمل رفيقك على كتفيك.
امتلأت عيناه بالحزن، وهو يقول في أسى:
- هل سنفترق هنا؟
غمغمت:
- لا فكاك من هذا.
ثم اغرورقت عيناها بالدموع مرة أخرى، مستطردة:

- صدقني.. لقد أتيت من أجلك.
اغرورقت عيناه بالدموع بدوره، ثم مد يده يصافحها..
- وأجفلت هي مرة أخرى..
فعلت هذه المرة بعد أن لامس أصابعها..
وأدهشة ما حدث في شدة..
إنه لم يشعر بملامسته لأصابعها، وإنما شعر ببرودة شديدة تكتنف أصابعه..
وقبل أن يفكر فيما يعنيه هذا، هتفت به:
- هيا.. أذهب.
قفز في مياة القناة، وراح يسبح حاملًا (علي) على كتفيه، حتى بلغ الشاطئ الآخر، واستقبله رجال كتيبته بعشرات الأسئلة، حول الانفجار، ومصير الغائبين، ولكنه لم يجب، بل أدار عينيه في لهفة إلى الشاطئ الآخر، حيث ترك (عنود)، ولكن البدوية كانت قد اختفت..
ولم يعد قلبه إلى موضعه بعد..

✿✿✿

السؤال..

ارتفع رنين جرس الباب، في منزل الملازم (حلمي)، أحد رجال المخابرات الحربية، فأسرع يجيب الطارق، وهو يتساءل عن ذلك الزائر الذي اختار تلك الساعة المبكرة من الصباح، ليطرق بابه، ولم يكد يفتح الباب، حتى انعقد حاجباه في دهشة، وهو يهتف:
- (رأفت)؟؟.. مالذي أتى بك في مثل هذا الوقت؟..
كان (رأفت) يبدو شديد التوتر، قليل العناية بهيئته، وهو يعبر باب منزل (حلمي)، قائلًا في لهجة رجل تعذب طويلًا:
- (حلمي).. إنني أحتاج إلى مساعدتك.. أرجوك.
سأله (حلمي) في قلق، وهو يقوده إلى الداخل:
- لماذا يا (رأفت)؟.. هل فعلت شيئًا؟
ألقى (رأفت) جسده على أقرب مقعد صادفه، وهو يجيب:
- نعم.. لقد فعلت.
سأله (حلمي) في حذر وتوتر:
- ماذا فعلت؟
شعر بارتياح بالغ، وزال عنه كل توتره، عندما أجابه (رأفت) في ألم:
- أحببت.
أطلق (حلمي) ضحكة عالية، وربت على كتف صديقه، قائلًا:
- أهذا ما جعلك تغدو زري الهيئة إلى هذا الحد؟
مال (رأفت) نحوه، وتشبثت بكفه، قائلًا:
- اسمع يا (حلمي).. أنت وحدك يمكنك أن تعاونني في العثور عليها.. أنت وحدك.

ضحك (حلمي)، وهو يربت على كتف صديقه، قائلًا:
- يبدو أنك قد أخطأت فهم طبيعة عملي يا صديقي، فأنا رجل مخابرات حربية، ولست خاطبة.
قال (رأفت) في توسل:
- أرجوك يا (حلمي).
شعر (حلمي) بقلق حقيقي إزاء موقف صديق عمره، فجلس إلى جواره، يسأله في رفق:
- حسنا يا (رأفت).. ماذا تريد؟
سأله (رأفت) على نحو مباشر مفاجئ:
- ماذا تعرف عن (عنود)؟
اتسعت عينا (حلمي) في دهشة، وهو يردد:
- (عنود)؟!
قال (رأفت)، وكأنما نفذ صبره:
- نعم يا (حلمي).. (عنود).. تلك البدوية من (سيناء).. ماذا تعرف عنها؟
تطلع (حلمي) إلى صديقه لحظات في صمت ثم نهض من مقعده، وأشعل واحدة من سجائرة، وهو يقول مشيحًا بوجهه:
- من أخبرك أنني أملك سجلًا لبدو (سيناء).
جذبه (رأفت) من ذراعه في حدة، وأجبره على التطلع إليه، وهو يقول في عصبية:
- اسمع (ياحلمي).. إنني لم أسافر طيلة الليل، من (الإسماعيلية) إلى هنا، لنلعب معًا لعبة التواري والخداع هذه.. أنا أعلم أنكم تعرفون (عنود) في المخابرات الحربية.. لقد قرأت ذلك في عيني عقيد من رجال المخابرات، أتى لزيارتي في المستشفى، عندما عدت من (سيناء) أيام النكسة.. لقد أدركت من ابتسامته وأسلوبه أنكم تعرفونها.. ولكنني حاولت خداع نفسي، وإقناعها بالعكس طيلة عام كامل.
سأله (حلمي) في خفوت:
- وماذا حدث الآن؟
صاح (رأفت) في لهجة أقرب إلى الانهيار:
- أريد أن أعرف.. أريد أن أفهم.
انخفض صوته بغتة، وبدا أقرب إلى البكاء، وهو يضيف:
- أرجوك.
نفث (حلمي) دخان سيجارته في عصبيه واضحة، وغمغم:
- إنك تطالبني بكشف أحد أسرارنا يا (رأفت).
ثم زفر في قوة، واستطرد:
- ولكن لا بأس.. سأخبرك.
وتطلع إلى عيني (رأفت) مباشرة، وقال:
- (عنود) كانت تعمل لحسابنا من منتصف الستينات، وقبل حرب يونيو.
حدق (رأفت) في عينيه لحظات، ثم تهالك على مقعده، ودفن وجهه بين كفيه، متمتمًا في لهجة حملت نبرة ارتياح:
- حمدًا الله.. حمدًا لله.. كنت واثقًا من هذا.
نفث (حلمي) دخان سيجارته، وهو يتابع حديثه:

ـ كانت واحدة من أشجع فتيات (مصر)، وكانت تعشق وطنها عشقًا لا مثيل له، وتتميز بخبرة مدهشة في معرفة دروب وخفايا الصحراء.

وصمت لحظة، ثم أضاف كالحالم:

ـ وكانت فاتنة.

ورفع (رأفت) عينيه إليه، وقال في حب وحنان:

ـ بل ساحرة يا (حلمي).. لقد سحرتني وملكت شغاف قلبي.. لقد أحببتها منذ النظرة الأولى، وصارحتني هي نفسها بأنها قد أحبتني بدورها، وأنها ما جاءت إلا من أجلي أمس.

حدق (حلمي) في وجهه بذهول، وهو يهتف:

ـ أمس؟؟

ارتسمت على شفتي (رأفت) أبتسامة حانية، وهو يقول:

ـ نعم يا (حلمي).. لقد رأيتها أمس، ولقد أنقذت حياتي للمرة الثانية، و...

قاطعه (حلمي):

ـ ولكن هذا مستحيل يا (رأفت)!!

قال (رأفت) في مرح متوتر:

ـ لماذا؟.. إن (عنود) تظهر دومًا عندما تحتاج إليها، و...

قاطعه (حلمي)، وهو يحدق في وجهه كالمأخوذ:

ـ ولكن من المستحيل أن تأتي إليك أمس يا (رأفت)؛ لأنهما لم تعد تنتمي إلى عالمنا كله.. لقد لقيت (عنود) مصرعها يا (رأفت).. منذ شهر كامل.

❀❀❀

اللقاء..

من غير المنصف أن نصف ذلك الانطباع، الذي ملأ وجه (رأفت) بأنه الذهول، فالذهول يعتبر مرتبه أقل مما أصابه، عندما سمع تلك العبارة من رفيقه..

لقد ظل يحدق فيه دقيقة كاملة، وعيناه تكادان تقفزان من محجريهما، قبل أن يهتف في صوت مختنق دامع آسف حزين مكلوم:

ـ ماتت؟!

وفجأة انفجرت كل مشاعره، وهو يصرخ باكيًا:

ـ مستحيل يا (حلمي).. إنك ما زلت تخدعني.. مستحيل أن تكون (عنود) قد ماتت منذ شهر، وهي التي أنقذت حياتي أمس.

ارتبك (حلمي)، وهو يتطلع إلى (رأفت) مشفقًا، وغمغم:

ـ صدقني يا (رأفت).. لقد لقيت (عنود) مصرعها منذ شهر كامل، مع انفجار مخزن الذخيرة الأول.. لقد أنقذت رجال فرقتك الخمسة، وحاولت أن تنقذ نفسها.. ولكن فتيل القنابل انطفأ، فعادت أدراجها لتشعله، و...

صرخ (رأفت):

- لا.. مستحيل!.. أنت كاذب.
ازداد ارتباك (حلمي)، وبدا يتساءل جديًا عما إذا كان عقل صديقه قد أصابه مس من الجنون، وهو يتمتم في صوت كالهمس:
- صدقني يا (رأفت)، (عنود) ماتت، ومن المستحيل أن تكون قد شاهدتها أمس، إلا إذا كنت قد شاهدت...
صمت لحظة، و أزداد همسه خفوتًا، وهو يضيف:
- شبحًا.
شبح؟!
دوت الكلمة في رأس (رأفت) كالقنبلة..
(عنود) شبح؟!..
تلك الحورية من حوريات الجنة مجرد شبح؟!!
مستحيل!!..
اهتزت كلمة مستحيل في أعماقه، وراحت عدة مواقف وصور تتواتر في ذهنه..
مطلبها ألا يحاول لمسها..
تلك البرودة القاسية الشديدة، التي أصابت أطرافه عندما حاول أن يفعل..
كلمتها عندما قالت: إنها قد أتت من أجله..
ثم فجأة امتلأ ذهنه بصورة واحدة..
بمشهد واحد، أثار حيرته عندما رآها..
مشهد (عنود)، وهي تقف أمامه..
الآن فقط تذكر لماذا بدا له مشهدها غريبًا أمس؟
الآن فقط أدرك الحقيقية..
لقد كان شعرها الفاحم الناعم الغزير يتطاير حقًا..
ولكن عكس اتجاه الرياح..
وهذا لا يحدث مع البشر..
وتجمع حزنه وأسفه كله في دمعة كبيرة، اغرورقت بها عيناه، ثم انحدرت على وجنته، وسقطت بين قدميه أرضًا..
وفي إشفاق ربت (حلمي) على كتفه، مغمغمًا:
- معذرة.. لقد..
قاطعه في خفوت:
- لا عليك.. كان ينبغي أن أدرك هذا.
تنهد (حلمي)، وسأله:
- ماذا تنوي أن تفعل؟
شرد ببصره لحظات، واسترجع جمال (عنود) وفتنتها، ثم غمغم:
- سأذهب إليها.
خفق قلب (حلمي)، وهو يسأله في دهشة:
- تذهب إليها؟.. أين؟
أشار (رأفت) إشارة مبهمة، وهو يقول:

- هناك.
وقبل أن يسأله (حلمي) عما يعنيه، كان قد غادر منزله في سرعة..

✿✿✿

وقبل أن يمضي العام التالي، علم (حلمي) بخبر استشهاد (رأفت)، في واحدة من المهمات الانتحارية، التي أشتهر بأدائها في فرقته..
يومها غمغم (حلمي) في حزن:
- لقد ذهب إليها..
ولم يدرك لحظتها كم كان صادقًا في عبارته هذه..
لم يدرك هذا إلا بعد أربع سنوات كاملة..
في حرب أكتوبر عام ألف وتسعمائة وثلاثة وسبعين..
أيامها كان وحده يفهم معنى تلك القصص، التي رددها العديدون من رجال الجيش في أثناء المعركة، كما لو كانت أسطورة..
أسطورة رجل وامرأة يظهران فجأة في ساحة المعركة عندما تتأزم الأمور، ويساعدان الجنود المصريين فقط..
وتكررت تلك القصص، وصارت تتداول بين الجنود، ورفعت أرواحهم المعنوية..
الملازم (حلمي) وحده كان يعلم أن الرجل ما هو إلا ضابط مصري شهيد، يحمل اسم (رأفت جمال الدين)..
وأن المرأة الفاتنة الساحرة كانت (عنود)..
البدوية الشهيدة..

ضد مجهول

الجريمة..

انتابتني موجة حنق شديد، وأنا أهب من فراشي منزعجًا، على صوت طرقات عنيفة، على باب ذلك منزلي الصغير، الذي يتوسط قرية من قرى محافظة (الغربية).. وشعرت بسخط هائل لصوت خفير القرية الأجش، وهو يقرن طرقاته بصياح مرتفع مزعج، يردد فيه اسمي، في السادسة من صباح الجمعة.. فاندفعت نحو الباب، وفتحته في عنف، وانا أهتف به محتدًا:

- ماذا هناك؟

تراجع الخفير، وهو يؤدي تحية عسكرية، بدت لي سخيفة، بلا أدنى معنى، مع إجابته:

- البك المأمور كلفني بإحضارك يا سيدي.

سألته في ضيق:

- ماذا هناك.. سرقة مواشي أخرى!!

عقد الخفير حاجبيه الكثين، وهو بجيب في لهجة من يعلن خبرًا رهيبًا:

- بل جريمة قتل.

رددت خلفه في دهشة:

- قتل!؟..

بدا لي ذلك عجيبًا حقًا، على الرغم من أنني أعمل في هذه القرية، كوكيل نيابة، منذ تخرجي من كلية الحقوق.. وعلى الرغم من كثرة المشاكل والقضايا فيها، إلا أنها لم تتعد كلها مشاجرات ومشاحنات، أو سرقة بعض المواشي على أكثر تقدير.. حتى أنها بدت لي قرية عادية، لم أتوقع أن ألتقى فيها بجريمة قتل أبدًا..

والعجيب أن الأمر قد شحذ همتي في شدة، وكأنما سئمت نفسي التحقيق في الجرائم العادية، وبدأت تميل إلى القليل من الإثارة وتحفيز العقل..

وأنت تجد هذين العاملين – عادة – في جرائم القتل.. القتل وحده..

وعندما ارتديت ملابسي، وصحبت الخفير إلى مسرح الجريمة، كنت أعلم أنها ليست جريمة تقليدية..

ولكنني لم أتصور حقيقتها أبدًا..

إنها لم تكن جريمة غير تقليدية فحسب..

كانت مذهلة..

* * *

لم أحتمل النظر طويلاً إلى جثة القتيل، التي استقرت في ساحة كبيرة، تطل عليها واجهات ثلاثة من منازل القرية، ذات الطابقين، وقد تهشم رأس القتيل تمامًا بحجر ضخم، احتاج رفعه إلى اثنين من جنود الشرطة الأقوياء، بعد معاينة المكان..

وعلى الرغم من بشاعة المشهد، بذلت أقصى جهدي لأبدو متماسكًا، وأنا ألتفت إلى المأمور، وأسأله:

ـ ألديك معلومات عن القتيل؟

أومأ برأسه إيجابًا، وقال:

ـ اسمه (مرسي حجاج)، كاتب الوحدة الصحية بالقرية، وهو شخص بغيض شره للمال، لا يمت للشرف والأمانة بأدنى صلة.. وكثيرًا ما تشاحن مع أبناء القرية. وقدم بعضهم شكاوى عديدة ضده إلى الجهات المسئولة.. وأجريت له عدة تحقيقات، ولكنه لم يدان في أي منها نظرًا لخبثه الشديد وذكائه في التحايل على القوانين وإثبات عدم تورطه في أي أمر.

هززت رأسي مغمغمًا:

ـ هي جريمة انتقام إذن.

مط شفتيه مغمغمًا..

ـ هذا ما يبدو للوهلة الأولى، فمن المحتمل أنه قد أساء إلى شخص ما، وأن هذا الشخص قد يئس من أن يعاقبه المسئولون، فاقتص منه بنفسه.

قلت في اهتمام:

ـ هذا يقلل من حجم دائرة الاشتباه إذن.

رفع عينية إلى منزل يواجه الجثة تمامًا، وقال في حزم:

ـ ربما كانت لدينا فرصة لحصر الاشتباه في شخص واحد.

سألته في دهشة:

ـ ماذا تعني؟

أشار إلى نافذة مفتوحة في الطابق الأرضي من المنزل المواجه، وهو يقول في حزم:

ـ ربما كان لدينا شاهد عيان، فالخفير (علي) يؤكد أنها كانت مفتوحة منذ البداية.

التفتُ إلى النافذة بدوري، وقلت في حماس:

ـ نعم.. أعتقد ذلك.

ثم اتجهت نحو المنزل، مستطردًا في قوة:

ـ ومن السهل التأكد من هذا.

طرقت باب المنزل في قوة، ولم تمض ثوان معدودة، حتى فتح الباب، وظهر على عتبته رجل في أواخر الأربعينيات من عمره، بدا شديد الصرامة، وهو يسألني:

ـ ماذا هناك؟

كنت أعلم أن سنوات عمري، التي لم تتجاوز بعد ربع القرن، قد تجعلني أبدو ضئيلاً أمامه، فقلت في صرامة، محاولاً السيطرة على الموقف:

ـ أنا (حازم إبراهيم)، وكيل نيابة الناحية، و...

قاطعه في حزم:

ـ أعلم ذلك..

عقدت حاجبي، قائلاً:

ـ هل تعلم أيضًا سبب وجودي هنا؟

أومأ برأسه إيجابًا في بطء، وهو يقول:

ـ نعم.. أعلم.

تطلعت إليه لحظة في صمت وتحد، قبل أن أسأله:

ـ كيف علمت بحدوث جريمة القتل؟

أجابني في برود:
- سمعت الخفير (علي) يصرخ معلنًا ذلك.
سألته في حدة مباغتة:
- وهل نظرت إلى الجثة؟
أجابني في هدوء:
- الجميع فعلوا.
قلت في عنف:
- بمن فيهم أنت؟
تطلع إلى وجهي بنفس البرود، وهو يقول:
- بالتأكيد.
راودني شعور قوي بأن لهذا الرجل يدًا في جريمة القتل، فسألته في لهجة أقرب إلى الهجوم:
- هناك نافذة مفتوحة في منزلك، تطل على الساحة التي حدثت فيها الجريمة.. من يقطن الحجرة التي بها هذه النافذة.
تردد لحظة، ثم أجابني في حزم:
- ابني (حازم).
قلت في صلابة:
- إذن فقد رأى ابنك (حازم) الجريمة.
تردد لحظة أخرى، ثم قال:
- ربما.
سالته في حدة:
- ماذا تعني بـ(ربما)!!..أرآى الجريمة أم لا؟
هز الرجل كتفيه في لا مبالاة، وهو يقول:
- يمكنك أن تسأله.
هتفت وقد أغاظني أسلوبه:
- سأفعل.
أمسك المأمور ذراعي، وهو يقول في لهجة نصوح:
- للشيخ (عواد) ابن واحد، هو (حازم)، و...
رق صوته، وهو يتابع في خفوت:
- وهو مقعد.
سألته في دهشة:
- وما الذي يعنيه ذلك.. حتى المقعد يمكنه أن يرى جريمة قتل، ما لم يكن أعمى.
قال الشيخ (عواد) في حزم:
- لا.. (حازم) ليس أعمى.
ثم أفسح الطريق بغتة، مستطردًا:
- تعال.. يمكنك رؤيته.
أدهشني أسلوبه حقًا، ولكن هذا لم يمنعني من أن أتجه أنا والمأمور إلى حجرة (حازم)، ولم أكد ألجها حتى انتابني شعور شديد بالشفقة تجاه ذلك الشاب الشديد النحيل الذي يجلس صامتًا فوق مقعد

متحرك.. وقد بدت عظام وجنتيه بارزة، وبدت عيناه جاحظتين في شدة، على نحو يجعلك تميل إلى اعتقاد أنه أبله أو معتوهًا.. لولا تلك الالتماعة في عينيه، عندما رفعهما ليرمقنا بنظرة حذرة متخوفة، عند دخولنا إلى حجرته.. حتى لقد بدا لي أشبه بذئب جريح، فاجأه الصيادون على حين غرة.
وأسرع الشيخ (عواد) نحو ابنه، وربت على كتفيه، وهو يقول في لهجة تجمع بين الشفقة والقلق:
- اهدأ يا ولدي.. اهدأ.. إنهما صديقان.. اهدأ..
راح (حازم) يرمقني والمأمور بنظرات حذرة قلقة.. ثم لم يلبث أن هدأ نسبيًا، واسترخي في مقعده المتحرك، فازدردت لعابي، في محاولة لتهدئة انفعالي، والتفتت إلى النافذة المفتوحة التي كان من الواضح أنها تطل على ساحة الجريمة في وضوح، ثم عدت أستدير إلى (حازم).
- هل رأيت ما حدث يا (حازم)؟
ظل الشاب يتطلع إلى بعينية البارزتين الحادتين، دون أن تبدو عليه أدني بادرة، تشير إلى فهمه لسؤالي، مما جعلني أسأل والده في حيرة:
- أهو أصم؟
أومأ برأسه إيجابًا، وقال:
- إنه أصم أبكم منذ مولده.. ولكنه يقرأ حركات الشفاه جيدًا.
سألته في حيرة:
- أتمنى أنه يفهمني؟
أومأ برأسه إيجابًا، دون أن ينبس ببنت شفة، فسألته مرة أخرى في دهشة:
- لماذا لا يجيب إذن؟
هز كتفيه، قائلاً:
- لأنه لا يريد ذلك.
هتفت في مزيج من الدهشة والاستنكار:
- لا يريد ذلك؟!
ثم التفتت إلى (حازم)، أهتف به في غضب:
- أرأيت الجريمة أم لا؟.. أجب
بدا الغضب في العينين البارزتين لحظة، فأسرع الشيخ (عواد) يقول في قلق:
- اهدأ يا ولدي.. إنه لا يقصد بك شرًا.. اهدأ.
حاولت أن أسيطر على أعصابي، وأنا أسأله مرة أخرى:
- اسمع يا (حازم).. لست أريد بك شرًا حقًا، ولكنني أحاول حل غموض جريمة قتل.. والقتل شيء بغيض يا فتى، والوسيلة الوحيدة لعقاب مرتكب تلك الجريمة هي أن نجد دليلاً يدينه، أو شاهد إثبات ضده.. وفي هذه الجريمة بالذات، أنت شاهد الإثبات الوحيد، وينبغي أن تخبرني، أرأيت الحادث أم لا؟
ظل (حازم) صامتًا لحظات، ثم لم يلبث أن هز رأسه نفيًا في بطء، وعيناه البارزتان تحدقان في وجهي في اهتمام..
وأطلق الشيخ (عواد) تنهيدةً ارتياح قوية..
تلك التنهيدة جعلتني أشعر بغتة بقلق مزدوج، وبعثت في عروقي شكًا قويًا..
لماذا الارتياح؟..
(حازم) يكذب ولا شك..

والشيخ (عواد) يعلم هذا..
ما معنى هذا الأمر..
لماذا يكذب (حازم)..
ولماذا يشعر الشيخ (عواد) بالارتياح؛ لأن ابنه قد كذب؟..
ما تفسير هذا؟..
فجأة، قطع أفكاري صوت أحد رجال الشرطة، وهو يطل برأسه من النافذة المفتوحة، ويقول للمأمور:
- سيدي.. هناك أمر هام.
نهض المأمور من مقعده، واتجه إليه على الفور، ومال بأذنه نحوه، وراح الجندي يهمس له بكلمات لم أسمعها..
وبغتة، أدرت وجهي نحو (حازم)، ورأيت ما كنت أتوقعه..
كان يحدق في المأمور والجندي في اهتمام شديد، وكانت عيناه تبدوان أكثر بروزًا والتماعًا..
كان من الواضح أنه يقرأ حركات شفتي الجندي..
وأنه قد علم ما ينقله للمأمور، قبل أن يلتفت إلى هذا الأخير، ويقول في حزم:
- يبدو أن (حازم) ليس شاهد الإثبات الوحيد في القضية، كما كنا نظن.
ثم ألقى نظرة صارمة على (حازم) ووالده، قبل أن يستطرد في شيء من الحزم والشماتة:
- هناك شاهد آخر، هو الحاج (كامل)، جارك يا شيخ (عواد)، ولديه أقوال بأنه قد شاهد القاتل.
وازدادت لهجته حزمًا وصرامة، وهو يستطرد:
- شاهدك أنت يا شيخ (عواد).

الشاهد..

كان القلق يبدو واضحًا على وجه الحاج (كامل)، وهو ينقل بصره بيني وبين المأمور، ووجه الشيخ (عواد) الصارم.. وبدت لمحة خوف في ملامحه، وهو يتطلع إلى وجه هذا الأخير، جعلتني أقول لأحد رجال الشرطة:
- خذ الشيخ (عواد) بعيدًا.
صحب الجندي الشيخ (عواد) بعيدًا عن الساحة، حيث انهمك رجال المعمل الجنائي في فحص المكان والحجر (أداة الجريمة)، بعد رفع الجثة، وسألت أنا الحاج (كامل):
- ماذا لديك؟
ألقى الرجل نظرة خوف أخرى على الشيخ (عواد)، دون أن ينبس ببنت شفة، فصحت به في عصبية:
- هل تخشاه إلى هذا الحد؟
تردد لحظة، وهو يختلس النظر إلى حيث يقف الشيخ (عواد)، ثم همس في خوف واضح:
- القرية كلها تخشاه.
ثم استطرد في توتر، وهو يلوح بيده في انفعال:

- إنه منزل ملعون.. لقد كان والده يؤاخي الجن، حتى أنه كان يمتلك القدرة على دفع الحصى لتناطح بعضها البعض، و..

عقد المأمور حاجبيه، وهو يقاطعه في صرامة:

- صه يا رجل، لسنا هنا لنستمع إلى ترهات حول أمور الشعوذة.. إنها جريمة قتل، ونحن نريد الحقائق.. الحقائق فحسب.

تردد الحاج (كامل) لحظة أخرى، وهو يختلس النظر إلى الشيخ (عواد) مرة أخرى، قبل أن يهمس في خوف:

- لقد رأيته.

سألته في عصبية:

- رأيت من؟!.. أريد إجابات واضحة.

هتف كمن قرر أن يلقي العبء كله عن ظهره:

- رأيت الشيخ (عواد) أمام الجثة.. جثة (مرسي).

وعلى الرغم من الوضوح الظاهري للشهادة، إلا أنها كانت تحتاج إلى تأكيد، جعلني أساله مرة أخرى في عصبية:

- رأيته يقتله؟!

أجابني في سرعة:

- لا.. رأيته ينحني فوق الجثة، بعد الحادث مباشرة.

قال المأمور في اهتمام:

- صف لنا ما رأيته بالضبط.

أجابه في استسلام:

- كنت أستعد لمغادرة المنزل، والذهاب إلى حقلي، عندما سمعت صوت ارتطام مكتوم، أعقبته شهقة ألم، وصوت ارتطام جسد بالأرض.. فأسرعت إلى النافذة، وحاولت أن أنظر إلى الساحة، ولكن نافذة حجرتي لم تكن تطل عليها كلها، فذهبت إلى نافذة أخرى.. ورأيت الشيخ (عواد) ينحني على جثة (مرسي)، والقلق يملأ وجهه وملامحه.. ثم رأيته يستدير إلى منزله في توتر شديد، وينطلق إليه، ويغلق بابه خلفه في سرعة.

سألته أنا في لهفة:

- وماذا فعلت حينذاك؟

أجابني في توتر:

- عدت إلى داري، وأغلقت بابي خلفي.

هتفت محتدًا:

- ولماذا لم تبلغ العمدة، أو المأمور؟

اختلس نظرة خائفة أخرى إلى حيث يقف الشيخ (عواد)، وقال:

- لقد شعرت بالخوف.

قال المأمور في صرامة:

- حسنًا يا رجل.. فلتحتفظ بخوفك لو أردت، ولكن قل لنا: هل تتهم الشيخ (عواد) بارتكاب الجريمة؟

تراجع الرجل هاتفًا في ذعر:

- لا.. أنا لم أتهمه.. لقد أخبرتكما بما رأيته فحسب.

أسرعت أنا أسأل:

- حسنًا.. قل لي إذن: هل تجد مبررًا لدى الشيخ (عواد)، لقتل (مرسي)؟.

تردد مرة أخرى، ثم قال:

- الواقع أنه هناك سبب غير مؤكد.. فلقد سمعت أمس (مرسي) وهو يتشاجر مع الشيخ (عواد).

سألته في اهتمام:

- وماذا كان موضوع الشجار؟

قال مترددًا:

- أظنه كان حول محل بقالة صغير، أراد الشيخ (عواد) افتتاحه في منزله، وحاول (مرسي) أن يتقاضى منه رشوة، مقابل الترخيص الصحي، حيث إن (مرسي) هو المسئول عن منح هذا الترخيص، لكل من يفتتح متجرًا يختص بالأغذية في القرية.. فهو المراقب الصحي للقرية، إلى جوار كونه كاتب الوحدة.

قلت في دهشة:

- أيستحق هذا الأمر أن يقتله الشيخ (عواد)؟

هز كتفيه، قائلاً:

- لست أدري.

ثم اختلس النظر مرة أخرى إلى حيث يقف الشيخ عواد، مرددًا:

- ولكنه رجل عجيب مخيف على أية حال.

جال بخاطري فجأة سؤال، أسرعت أطرحه قائلاً:

- قل لي: هل كانت هذه النافذة مفتوحة، عندما وقع الحادث.

قلت هذا وأنا أشير إلى نافذة حجرة (حازم)، فألقى عليها الحاج (كامل) نظرة سريعة، قبل أن يجيب في حسم:

- نعم.. كانت مفتوحة.

- وهل كان (حازم) يجلس هناك؟

قال بسرعة:

- إنه دائمًا هناك.

قال المأمور بنفاد صبر واضح:

- لقد بات الأمر شديد الوضوح يا (حازم) بك.. مر بإلقاء القبض على الشيخ (عواد)، و...

قاطعه أحد رجال المعمل الجنائي، في لهجة تحمل الكثير من الحيرة:

- قبل أن تتهم أحدًا، عليك أن تجد تفسيرًا لكيفية وقوع الجريمة.

التفت إليه الأمور، قائلاً في حدة:

- ماذا تعني؟

أشار الرجل إلى الحجر الضخم، الذي ارتكبت به الجريمة، وهو يقول:

- أعني أن هذه الحجر الملوث بالدماء، والذي تؤكدون أنكم قد رفعتموه عن رأس القتيل، يبلغ وزنه تسعين كيلوجرامًا تقريبًا، وما من مخلوق بشري عادي يمكنه أن يحمله، ويضرب به رأس القتيل.

شحب وجه الحاج (كامل)، وتراجع في رعب، وهو يهتف:

- ما من مخلوق بشري؟!.. إذن فهم الجن.. الجن قتلوا (مرسي).

وراح يشير إلى الشيخ (عواد)، وهو يتراجع في ذعر، هاتفًا:

- أنت كوالدك، تستعين بالجن.. أنت دفعتهم لقتل (مرسي).. أنت القاتل.

عقد الشيخ (عواد) حاجبيه، وهو يهتف في حنق:

- كفى جنونًا يا رجل.. أي جن هذا.. أنت مخبول ولا شك.

تراجع الحاج (كامل) أكثر، وهو يصرخ:

- أنت القاتل.. أنت القاتل.

ثم اندفع يعدو إلى منزله، ويغلق بابه خلفه في قوة، في نفس الوقت الذي ارتفعت فيه شهقة غاضبة، جعلت الجميع يلتفتون إلى نافذة حجرة (حازم)، حيث جلس هذا الأخير يتطلع إلى الجميع بعينية البارزتين اللامعتين، والغضب يملأ كل خلجة من خلجاته، فأسرع الشيخ (عواد) يهتف به:

- لا تهتم بقوله يا ولدي.. إنه رجل مخبول.

هتف المأمور في حنق:

- لست أدري من المخبول هنا يا رجل؟

ثم التفت إلى هاتفًا:

- هيا يا (حازم) بك.. إنه الأمر، ومر بإلقاء القبض على الشيخ (عواد).

قلت مترددًا:

- ليس الأمر بالسهولة التي تتصورها يا سيادة المأمور، فلابد - على حد قول رجل المعمل الجنائي - أن نجد تفسيرًا لكيفية ارتكاب الجريمة.

هتف ساخطًا:

- أي تفسير.. إنه أمر واضح للغاية.. لقد حمل الحجر، وضرب به (مرسي)، و..

قاطعته في حزم:

- حمل حجرًا يزن تسعين كيلوجرامًا؟!

قال في غضب:

- وماذا في هذا.. ربما هو رجل قوي.

قال رجل المعمل الجنائي:

- الأمر يحتاج إلى ما هو أكثر من القوة في الواقع إلا إذا كان من عادة الشيخ (عواد) أن يرتدي قفازين.

التفت إليه المأمور في دهشة، وسألته أنا في حيرة:

- وما شأن القفازين؟

لوح بكفه، قائلاً:

- لأن هذا الحجر، بعد فحصه بدقة متناهية، لا يحوي بصمة إصبع واحدة.

هتف المأمور:

- ماذا؟..

وقلت أنا في توتر:

- ولكن هذا مستحيل!!.. فليس من عادة أهل القرى ارتداء القفازات، ولابد لمن يحمل الحجر من أن يترك بصماته عليه، و...

قاطعتني صرخة انطلقت من الطابق العلوي لمنزل الحاج (كامل)، وتحمل صوته وهو يهتف في رعب هائل:

- لا.. ليس أنا.. ليس أنا.

ولم تكد عيوننا ترتفع إلى نافذة الطابق الثاني، حتى اخترقها جسد الحاج (كامل) في قوة، كما لو أن يدًا ذات قوة هائلة قد دفعته عبرها.. وسقط بظهره من هذا الارتفاع، وهو يطلق صرخة لم أسمع أشد منها رعبًا في حياتي كلها، انتهت بارتطامه بالأرض في عنف، ارتجفت له الدماء في عروقنا..
وتسمرنا جميعًا في أماكننا لحظة، قبل أن يهتف المأمور في جنوده:
- أسرعوا إلى الطابق العلوي.. وامسكوا القاتل على الفور.
أما أنا، فقد أسرعت نحو جسد الحاج (كامل)، الملقي أرضًا وانحنيت أفحصه في جزع، وهالتني نظرة الرعب التي تملأ عينيه وهو يحدق في وجهي، قبل أن يمسك كتفي الممتدة نحوه في قوة، ويهتف بفم امتلأ بالدماء:
- الجن.. الجن..
ثم فاضت روحه..

* * *

الجن..

«هراء...».
قالها المأمور في عصبية بالغة، وهو يشعل سيجارته، ويجلس خلف مكتبه بنقطة الشرطة، قبل أن يلقى قداحته فوق المكتب في حدة، وينفث دخان السيجارة في قوة، مستطردًا:
- لن أصدق أمر الجن هذا أبدًا.
قلت في توتر مماثل، وأنا أجلس على المقعد المقابل لمكتبه:
- أوجد لي تفسير آخر إذن لكل ما حدث.. لقد سقط الحاج (كامل) من الطابق الثاني لمنزله، وأسرع رجالك إلى هناك بعد لحظات من سقوطه، ولكنهم لم يجدوا بالمنزل سوى ابنته الصغيرة، وكانت تجلس في الطابق السفلى، ولم يكن هناك أي مخلوق في الطابق العلوي.
صمت لحظة، ثم استدركت:
- أي مخلوق بشري بالطبع.
لوح المأمور بكتفه في عصبية، وهو يقول:
- ربما انزلق الرجل، واصطدم بالنافذة، و....
قاطعته في حزم:
- أنت تعلم أن هذا التفسير لا يتفق أبدًا مع الأحداث، فلقد سمعنا جميعًا الرجل يصرخ، قبل وقوعه بلحظات، وهذا يعني أنه كان يواجه شخصًا ما، أو شيئًا ما.. ثم إنه قد ارتطم بالنافذة بظهره، واندفع بعيدًا عنها بما لا يقل عن الأمتار الثلاثة، وكأنما تلقى لكمة من قوة هائلة، وقبل أن بلفظ أنفاسه الأخيرة كرر كلمة واحدة.. (الجن).
بدا المأمور أكثر عصبية، وهو ينفث دخان سيجارته، قائلاً:
- ليس من السهل أن أومن بوجود الجن.
قلت مستنكرًا:

- ولكن إيمانك بوجود الجن جزء من إيمانك بدينك، فلقد أكد الله (سبحانه وتعالى) وجودهم أكثر من مرة، في القرآن الكريم، ولقد استعان بهم النبي (سليمان)، وسخرهم، و...
قاطعني محتدًا:
- هل ستذكر ذلك في تقريرك الرسمي؟
صدمني سؤاله لحظة، قبل أن أهز رأسي، مغمغمًا:
- لست ادري.
قال في توتر شديد:
- كان الأجدى أن تلقي القبض على الشيخ (عواد).
قلت:
- وماذا عن الحجر الخالي من البصمات!
قال في حدة:
- ربما دفعه بواسطة عتلة، من فوق سطح منزل أو...
قاطعته:
- مستحيل!! فلقد أصيب (مرسي) على بعد ثلاثة أمتار من منزل الشيخ (عواد) و....
بترت عبارتي بغتة، وعقدت حاجبي، مغمغمًا في توتر:
- ولكن...
توقفت مرة أخرى، فسألني المأمور في قلق:
- ولكن ماذا؟
ترددت لحظة، ثم قلت:
- لست أدري.. إنه شعور داخلي فحسب، فأنا واثق من أن (حازم) قد رأى الجريمة.. ولكنه يرفض الاعتراف بذلك لسبب ما.
قال في اهتمام:
- هذا يؤكد اتهام الشيخ (عواد) إذن.. فلا ريب أنه هو مرتكب الجريمة، وأن ابنه (حازم) قد رأى ما حدث، ولهذا يدعي عدم رؤية الجريمة، حتى لا يدين والده، هذا هو التفسير الوحيد..
قلت في شدة:
- ولكنه لا يفسر عدم وجود بصماته على الحجر، ولا كيفية حمل الشيخ (عواد) لحجر يزن تسعين كيلوجرامًا أو أكثر.
احتقن وجه المأمور لحظة، ثم قال في حدة:
- أما زلت تصر على أن الجن هم الذين حملوا الحجر، وضربوا به رأس (مرسي).
تنهدت في عمق، وأنا أقول:
- لست أصر على شيء.
ثم أضفت في اهتمام:
- ولكنني أحتاج إلى مزيد من التحريات.
دفع مجموعة أوراق فوق مكتبه في حنق، وهو يقول:
- ها هي ذي.. كلها لم تفد شيئًا.
نهضت واقفًا، وأنا أقول:
- ربما تفشل التحريات الرسمية دومًا.

سألني في قلق:

- وماذا تنوي أن تفعل.

أجبته، وأنا أتجه نحو الباب:

- سأجري بعض التحريات، بصفة ودية.

هتف بي:

- حذار إذن.

وانخفض صوته، وهو يشيح بوجهه، مستطردًا:

- حذار من الجن.

استقبلني العمدة في حرارة شديدة كالمعتاد، وقادني إلى حجرة الضيافة، وهو يهتف بعبارات الترحاب، ولم يكد يستقر بنا المقام، وتتراص أمامنا أقداح الشاي، حتى سألته في اهتمام:

- لقد سمعت بأمر حادث (مرسي) بالطبع يا عمدة.. أليس كذلك؟

قفز الحذر إلى ملامحه وصوته على الفور، وهو يقول:

- بالطبع، فالقرية صغيرة، والأخبار تنتشر فيها بسرعة.

سألته محاولاً منح صوتي أكبر قدر ممكن من الهدوء:

- هل تعتقد أن (مرسي) كان يستحق القتل؟

تردد لحظة، قبل أن يقول في حذر:

- كان الجميع هنا يبغضونه.

سألته بغتة:

- وماذا عن الشيخ (عواد)؟

تراجع في حدة، عندها فاجأه السؤال، وأجابني متوترًا:

- ماذا عنه؟

فسألته في اهتمام:

- لماذا يخشاه الجميع؟

بدا لحظة أنه سيجيب السؤال، ولكنه لم يلبث أن استعاد حذره وهو يقول:

- لا ريب أن لديهم أسبابهم.

ضايقتني إجابته الملتوية، فقلت:

- هل له علاقة بالجن حقًا؟

تردد لحظة، ثم أجاب:

- لقد كان والده كذلك.. وهناك أمور يرثها الأبناء حتمًا.

عقدت حاجبي في صرامة، وأنا أقول:

- لم لا تجيبني في صراحة يا عمدة؟

خفض عينيه، متحاشيًا النظر إلى وجهي، وهو يقول:

- لأنني أجهل الإجابات يا سيادة الوكيل.

قلت في غضب:

- بل تعلمها يا عمدة، ولكنك تخشي التصريح بها.

تنهد في مرارة، وهو يقول:

- لم أعتد التصريح بما لا أثق فيه.

نهضت محتدًا، وأنا أقول:

ـ حسناً.. سأبحث عن الأجوبة في مكان آخر.

نهض مرتبكًا، وهو يقول:

ـ لماذا.. سأخبرك بكل ما لدي.

قلت في صرامة:

ـ حسناً.. هات ما لديك.

جلست معه مرة أخرى، وهو يطلق من أعماق قلبه زفرة قوية، قبل أن يقول:

ـ لا أحد يمكنه أن يجزم بما إذا كان الشيخ (عواد) متصلاً بالجن أم لا.. ولكن والده كان كذلك، وعندما تزوج الشيخ (عواد)، أنجب ابنه (حازم) هذا بعد سبعة أشهر فقط، ولقد ولد ضعيفًا، مصابًا بعيب خلقي في ساقيه، منعه من الحركة طيلة عمره، وبعاهتي فقدان السمع والكلام.. ولقد لقيت زوجة الشيخ (عواد) مصرعها على نحو غامض، عندما سقطت من سطح منزله، ولقد أصيب (حازم) أيامها بنوبة عصبية، وكان بعد في السادسة من عمره.. ومن يومها صار الشيخ (عواد) يتحاشى أهل القرية، وقبع في منزله مع ابنه، وراح الناس يتحدثون عن اتصاله بالجان مثل والده.

سألت العمدة في اهتمام شديد:

ـ وهل حدث أن تورط من قبل في حادثة قتل؟

هز الرجل رأسه نفيًا، وهو يقول:

ـ لا.. هذه أول مرة.

غادرت منزل العمدة وأنا أشد حيرة من ذي قبل. كل التحريات تقودني إلى نقطة مخيفة..

إلى عالم يخشاه كل بشري..

عالم المجهول.. عالم الجن.

ورحت أتساءل، وأنا أسير على غير هدى..

ورحت أفكر..

هل ارتكب الشيخ (عواد) الجريمة بمعاونة الجن بالفعل؟

أهذا ممكن؟!

وماذا لو أنه قد فعل حقًا؟!

هل يمكن اتهامه بالقتل..

هل يمكن العثور على دليل إدانته؟..

لقد علمني عملي كوكيل نيابة، أن الشكوك وحدها لا تكفي لإدانة شخص ما، أو حتى لمحاكمته..

لابد من دليل..

دليل مادي..

فجأة، أفقت من شرودي لأجد نفسي أمام منزل الشيخ (عواد)..

لقد قادتني قدماي إليه دون أن أدرى..

وشعرت بقلق خفي، عندما وجدت نفسي في ساحة الجريمة، وأمام منزل رجل يشاع أنه على اتصال بعالم الجن.. وكدت أعدو مبتعدًا، لولا أن تناهى إلى مسامعي صوت يخرج من منزل الشيخ (عواد)، لرجل يقول في لهجة تحمل نبرات التهديد:

ـ إنني أعلم كل شيء، ولقد رأيت ما حدث.

جذبتني العبارة في شدة، وأيقظت كل فضول أعماقي، فنسيت كل شيء عن الجن والأشباح، وأصول اللياقة. واقتربت من باب منزل الشيخ (عواد)، استمع إلى صوت هذا الأخير، وهو يقول:
- لن يمكنك أن تثبت شيئًا يا (صالح).
أجابه (صالح) هذا في سخرية:
- ومن يحتاج إلى الإثبات.. يكفي أن أخبر الجميع بها تحاول إخفاءه منذ زمن طويل.. يكفي أن يعلموا السبب الحقيقي لوفاة زوجتك.
صرخ به الشيخ (عواد) في حدة:
- كفى يا رجل.. كفى.. اصمت.
ارتفع صوت (صالح)، وهو يقول:
- لا.. سيرتفع صوتي أكثر.. سأخبر الجميع، ما لم تنقدني المبلغ الذي طلبته.
صاح به الشيخ (عواد):
- حذار أن تفعل يا (صالح).. حذار أن تخبر أهل القرية بحرف واحد وإلا....
قاطعه (صالح) متحديًا:
- وإلا ماذا؟
انتبهت حواسي كلها في شدة، وأنا أتمنى أن أسمع الشيخ (عواد) يهدده بالقتل، إلا أنني- وبدلًا من ذلك - سمعت (صالح) يصرخ بغتة:
- لا.. لا...
كان صوته يحمل رعبًا هائلًا، جمد الدماء في عروقي، وهو يستطرد:
- لا.. لست أريد النقود.. لا تفعل بي هذا.. لا.. لا...
وأعقب هذا صرخة رهيبة، جمعت أطنانًا من الألم والرعب واليأس.
صرخة إنسان أصابه رعب هائل..
إنسان يحتضر..
ولست أدري كيف واتتني الشجاعة بعدها، ولا كيف اندفعت نحو باب منزل الشيخ (عواد)، واقتحمته في قوة.
كل ما اذكره هو أنني قد تجمدت في مكاني فور ذلك. وتسمرت عيناي أمام مشهد مذهل..
لقد كان (صالح) هذا رجلاً ضخمًا، يزن ما يزيد على المائة كيلو جرام..
وكان هناك قائم حديدي في ردهة المنزل، مثبت بالحائط، ويخترق ظهر (صالح)، لينفذ من قلبه، وقد جحظت عينا هذا الأخير، وخبا فيهما بريق الحياة.
وكان هذا القائم الحديد على ارتفاع مترين ونصف متر من أرض الردهة..
ومرة أخرى قفزت إلى ذهني كلمة واحدة..
الجن..

* * *

المستحيل..

حدق المأمور في جثة (صالح)، المعلقة بالقائم المعدني، على ارتفاع مترين ونصف متر من الأرض، وهو يقول في ذهول:

- مستحيل!.. كيف فعلها هذا الشيخ اللعين؟.. كيف حمل هذا البغل إلى ذلك الارتفاع، و.....

بتر عبارته، ثم التفت إلى الشيخ (عواد)، يهتف به:

- كيف فعلتها بالله عليك؟

خفض الشيخ (عواد) عينيه، دون أن ينبس ببنت شفة، فهتف المأمور في عصبية زائدة:

- كيف فعلتها؟

قلت محاولاً تهدئته، على الرغم من الانفعال الشديد، الذي يملأ جسدي والذي لم يفارقني منذ رأيت الجثة المعلقة:

- اهدأ.. أنا شاهدت ما حدث هذه المرة.

حدق في وجهي، وهو يهتف:

- شاهدت الجن؟

زفرت قائلاً:

- من حسن الحظ أنني لم أفعل.

ثم أضفت:

- ولكنني اقتحمت الباب فور سماع صرخة الرعب الهائلة، التي انطلقت من حنجرة (صالح) قبيل مصرعه، وعندما فعلت، كان الشيخ (عواد) يقف في منتصف الردهة، وكان (حازم) أمام باب حجرته، فوق مقعده المتحرك، ولم يكن هناك بشرى آخر في المنزل..

تراجع المأمور، وهو يحدق في وجهي في ذهول، ثم غمغم مرة أخرى:

- مستحيل!!

وأدار وجهه ليحدق في وجه الشيخ (عواد) مكررًا:

- مستحيل!!

ثم هتف وهو يلوح بكفه ساخطًا:

- سيتهموننا بالجنون، لو ذكرنا هذا في تقريرنا.. لن يمكنني أن اتهم رجلاً - بصفة رسمية - بتسخير الجن للقتل.

أشرت إلى جثة (صالح)، مغمغمًا:

- ألديك تفسير آخر؟

ألقى نظرة على الجثة بدوره، ثم لوح بكفه، قائلاً في حدة:

- لا.

ثم استدرك في عصبية:

- ولكن هذا لا يعني أن اتهم الجن في تقريري.

قال الشيخ (عواد) بغتة:

- لا أحد هنا يتصل بالجن.

التفت إليه المأمور في حدة، وصاح به، وهو يشير إلى جثة (صالح):

- من فعل هذا إذن؟

تجمدت ملامح الشيخ (عواد) لحظة، ثم عاد بخفض عينيه، مغمغمًا:

- أنا فعلتها.

صاح به المأمور:

- كيف؟.. هل حملت رجلاً يزن ما يزيد على المائة كيلوجرام، ورفعته مترين ونصف عن الأرض، ثم غرسته في ذلك القائم المعدني؟.. هراء!.. ما من مخلوق بشري يمكنه هذا.

أجابه الشيخ (عواد) في صلابة أدهشتني:

- أقول لك أنا فعلت هذا.

ندت من (حازم) همهمة أليمة، جعلتني التفت إليه في حركة سريعة.. وشاهدت الدموع في عينيه.. دموع مريرة، دفعتني إلى أن أقول:

- لا بأس يا شيخ (عواد).. سنقتنع بأنك أنت فعلت هذا.

بدا الارتياح على وجهه، وسألني في لهجة خالية من أية انفعالات:

- هل ستلقون القبض على؟

أجبته في هدوء:

- ليس بعد.

حدق المأمور في وجهي، وهتف مستنكرًا:

- ماذا تعني؟..

إننا سنلقي القبض عليه حتمًا.

قلت في صرامة:

- إنه قراري أنا.

وأشرت إلى (حازم)، مستطردًا:

- سيبقى في منزله لرعاية ابنه، وسنقيم عليه حراسة، لحين إثبات التهمة.

هتف المأمور في دهشة:

- إثبات ماذا؟!.. إنك أنت الشاهد.

أجبته:

شهادتي لا قيمة لها، ما لم أثبت أنه هو الذي قتل (صالح)..

صاح المأمور، وهو يلوح بكفه محتدًا:

- هراء.. أنت تعلم أنه سيدان، إن عاجلاً أو آجلاً.. إنك تشفق على ابنه فحسب.

ولوح بذراعيه في الهواء بقوة، مستطردًا:

- من يؤكد لك أن ابنه مقعد بحق؟.. ربما هي خدعة دنيئة أخرى.

مال الشيخ (عواد) نحو ابنه، ورفع طرف جلباب (حازم)، وهو يشير إلى ساقي هذا الأخير، قائلاً:

- هل تبدو لك ساقاه قادرتين على الحركة؟

كان الجواب واضحًا تمامًا، فقد كانت ساقا (حازم) هزيلتين، على نحو لم أعهده في مخلوق بشري أبدًا، حتى لقد بدتا أشبه بعصيين رفيعتين.. وكأنها لا تحتويان على أية عضلات، وبدت قدماه كمطرحتين في عظام يابسة، جعلت المأمور يشيح بوجهه، قائلاً في حدة:

- حسناً، فليبق لرعاية ابنه، ولكنني سأترك ثلاثة رجال لحراسته.

وعاد يلتفت إلى الشيخ (عواد)، مستطردًا في غضب ثائر:

- ولكنك ستدان لعملك هذا يا رجل، وستكلل حياتك الغامضة في هذه القرية بعار لا مثيل له، ولن ينقذك من هذا المصير الأسود سوى الموت.. هل تفهم؟.. الموت وحده.

وغادرنا جميعًا المكان، مع المأمور الثائر، وفي قلب كل منا مزيج من الحيرة.. والخوف..

* * *

كانت أحلامي أقرب إلى الكوابيس في تلك الليلة..

رأيت نفسي أعدو في طرقات القرية، وقد خلت من كل سكانها، وبدت أشبه بمقابر خاوية مخيفة..

ثم ظهر الشيخ (عواد)..

وظهر جني رهيب مخيف..

وصرخ الشيخ (عواد) باسمي، وهو يشير إلى..

وانقض على الجني..

وانتزعني من الأرض..

وصرخت..

صرخت بكل الرعب في أعماقي..

واقترنت صرختي بطرقات عنيفة..

وبصوت أجش يهتف باسمي..

وفجأة.. استيقظت..

وتلاشى الحلم كله، فيما عدا الطرقات والهتاف..

وشعرت بتوتر بالغ وأنا أغادر فراشي، وافتح باب المنزل لأهتف في وجه الخفير:

- ماذا هناك؟ أجابني بصوته الأجش، وأسلوبه الفظ الخالي من اللباقة:

- البك المأمور كلفني إحضارك.

سألته في قلق:

- أهي جريمة قتل أخرى؟

أجابني في بساطة:

- بل حالة وفاة.

ثم أضاف:

- لقد توفي الشيخ (عواد).. توفي في فراشه، منذ نصف الساعة.

الإرث..

كان وجهه هادئًا للغاية..

وكان مستسلمًا للموت في بساطة عجيبة..

وغمغم المأمور، وهو يتطلع إلى وجهه:

- من الواضح أنه قد مات خلال نومه.

تمتمت، وأنا أتطلع بدوري إلى وجه الشيخ (عواد):

- وبلا أدنى ألم.

سألني المأمور:

- هل ستصرح بدفن الجثة؟

تنهدت وأنا أجيب:

- ليس قبل أن يفحصها الطبيب الشرعي.
أومأ برأسه موافقًا، ثم قال في ارتياح واضح:
- أظن ذلك يضع نهاية لكل تلك الأحداث المخيفة.
غمغمت:
- تقريبًا.
وأدرت بصري إلى حيث يجلس (حازم) فوق مقعده المتحرك، وقد بللت الدموع وجهه، واشتركت مع صمته الإجباري في رسم لوحة مأساوية رهيبة، دفعتني إلى أن أغمغم في إشفاق:
- ترى من سيرعى ذلك السكين؟
ألقى المأمور نظرة على (حازم)، وغمغم:
- من يدري.. ربما يرعاه الجن.
غمغمت في ضيق:
- هذه الأمور لا تحتمل السخرية.
لم نناقش أنا وهو هذا الأمر مرة أخرى، طوال طريق العودة، حتى قال هو، وهو يودعني عند منزلي:
- هناك قضية سرقة مواش أخرى، متى تنوي التحقيق فيها؟
أجبته شاردًا:
- ربما غدًا.
ودلفت إلى منزلي، الذي بدا لي هذه المرة خاويًا للغاية، والقيت جسدي المنهك فوق فراشي الصغير، وحاولت أن أدفع النوم إلى عيني.. إلا أن عقلي راح - على الرغم مني - يسترجع كل أحداث تلك القضية العجيبة..
مصرع (مرسي)..
الحجر الضخم..
مقتل الحاج (كامل)..
الجن..
جثة (صالح) المعلقة..
الشيخ (عواد)..
(حازم).. وفجأة، وجدت نفسي أعتدل جالسًا، وأنا أهتف:
- ولكن كيف؟!.. كيف يفهم لغة الشفاه، وقد ولد أصم أبكم؟
أدارت الأحداث كلها في ذهني، على نحو مختلف، ووجدت نفسي أهتف:
- يا إلهى!!..
وقفزت من فراشي، واختطفت مجلة كنت أطالعها منذ أسبوع.. ورحت أقلب صفحاتها في لهفة، حتى عثرت على موضوع علمي طريف، لم أوله الكثير من الاهتمام في حينه.. ورحت أقراه في لهفة بالغة، قبل أن أهتف مرة أخرى:
- يا إلهي!!
وبأقصى سرعة، رحت ارتدي ثيابي، وانطلقت أعدو نحو منزل الشيخ (عواد)، ولقد شعر الشرطي الذي تركناه لحراسة المنزل بالدهشة، عندما رآني أعود إليه بعد أقل من ساعة، وأهتف به:
- هل وصل الطبيب الشرعي؟ أجابني في دهشة:

- نعم يا سيدي.. لقد وصل منذ قليل، وسيبدأ عمله على الفور.
هتفت في جزع:
- يا إلهي!!
واقتحمت المنزل في عنف، وركضت حتى حجرة (حازم)، ولم أكد أقتحمها، حتى اتسعت عيناي في رعب وتوتر بالغين..
كان المشهد رهيبًا حقًا..
كان ظهر الطبيب الشرعي المسكين ملتصقًا بالحائط في رعب، وقد غاصت الدماء من وجهه، فصار شاحبًا، ينافس وجوه الموتى، وعيناه تحدقان في جثة الشيخ (عواد).
وكانت الجثة تسبح في الهواء..
نعم..
كانت تسبح كأنها في منطقة انعدام وزن..
وعلى قيد خطوات، عند ذلك الباب الذي يصل بين حجرة الشيخ (عواد)، وحجرة ابنه (حازم)، كان هذا الأخير يجلس فوق مقعده المتحرك، وقد تركزت عيناه البارزتان على الجثة المعلقة، وزاد بريقهما حتى بدتا أشبه بمصباحين متقدين لامعين..
ولم يكد الطبيب الشرعي يراني، حتى هتف في هلع ورعب:
- هذا سحر مبين، أو فعل من أفعال الجان.
قلت في انبهار تام:
- بل هي قوة العقل يا رجل.
غمغم في ذهول:
- العقل!!
تجاهلت دهشته، وأنا التفت إلى (حازم)، قائلاً في إشفاق:
- اهدأ يا (حازم).. اهدأ.. لقد أدركت كل شيء.. أدركته فجأة.. لم يكن والدك هو الذي ورث قدرة أبيه.. بل كنت أنت.. أنت نلت الإرث كله.. إنه ليس اتصالاً بالجان كما تصورت عقول أهل القرية محدودة الثقافة.. بل هي قوة العقل.. قدرته على تحريك الأشياء عن بعد.. تلك القوة التي يطلق عليها علماء ما فوق الطبيعيات اسم (السيكوكينيزيس)... لقد كان جدك يملكها، ولكنه لم يحسن استغلالها، بل أهدرها في بعض العبث، ودفع الحصى لمناطحة بعضه البعض.. أما أنت فقد كان ضعفك الجسدي دافعًا لك لتنميتها، والقفز بها إلى درجة هائلة، أثارت خوف والدك وقلقه وخاصة بعد أن قتلت أمك دون قصد عندما أغضبتك، وأنت بعد في السادسة من عمرك.. لقد عزلك أبوك عن الناس بعدها خشية أن ينتبهوا إلى قدرتك المذهلة، ويتهموك بالاتصال بالجن بدورك.. ولقد حرصت بدورك على كتمان السر، لأنك كنت تحب أباك.. وحبك هذا له، هو الذي دفعك إلى قتل (مرسي)، عندما راح يحاول ابتزاز والدك.. فلقد دفعت الحجر الضخم بقوة عقلك، وجعلته يطير، ويهوي على رأس (مرسي) ويقتله.. وأدرك والدك ما حدث، عندما أسرع يفحص الجثة، وعاد يطلب منك عدم ذكر ما حدث.. ولكن الحاج (كامل) رأى والدك يفحص جثة (مرسي)، وتصور أنه هو الذي قتله.. وأغضبك أن يدلي بشهادة تدين والدك في هذا الشأن، فاستخدمت قوة عقلك لترفعه عن الأرض، وتلقي به من عل.. ولأن المسكين كان يؤمن بالجن، فلقد تصور أن والدك قد أرسل جنيًا ليعاقبه على شهادته ضده.

كنت أستطرد في الكلام في سرعة، والدموع تتكون في عيني (حازم) في بطء، وجسد والده السابح في الهواء يهبط تدريجيًا نحو الفراش، والطبيب الشرعي لا يزال ملتصقًا بالحائط في رعب، فرحت أتابع:

- ثم جاء (صالح)، محاولاً ابتزاز والدك بدوره، إذ يبدو أنه قد رآك تستخدم قواك المذهلة يومًا، فما كان منك إلا أن رفعته بقوة عقلك، وغرست جسده الضخم في القائم المعدني.

التمعت عينا (حازم) بالدموع، وكان جسد والده يلامس الفراش، وأنا أتابع في أسى:

- ثم جاء دور والدك، بعد أن هدده المأمور بالعار والفضيحة، وأخبره أن الموت وحده ينقذه منهما.. لقد كنت تحب والدك يا (حازم)، ولهذا قتلته.

انهمرت الدموع من عين (حازم) في مرارة، واستقر جسد والده تمامًا فوق الفراش، وأنا أضيف:

- قتلته حتى لا يتعرض للفضيحة والعار.. أوقفت نبضات قلبه بقواك العقلية..

راح (حازم) يبكي في حرارة، وهو يتطلع إلى جثة والده، المسجاة فوق الفراش، فغمغم الطبيب الشرعي ذاهلاً:

- إذن فهو فعل كل هذا.. هو!!

فغمغمت، وأنا أتطلع إلى (حازم) مشفقًا:

- نعم.. هو فعل كل هذا.. لقد أثبت أن قوة العقل تتفوق على قوة الجسد.. لقد أدركت أنه يمتلك عقلاً نادرًا، عندما أدهشني كيف أنه يستطيع قراءة حركات الشفاه، وهو لم يسمع صوت بشري من قبل..

غمغم الطبيب الشرعي في خوف:

- إنه قاتل إذن.. وينبغي أن يسجن.. وينبغي أن...

فجأة، رفع (حازم) عينيه إلينا، وبرزت عيناه على نحو مخيف، وهو يصرخ..

وكانت صرخته هائلة.. وارتفع جسدي في الهواء في قوة، وصرخت بدوري في رعب:

- لا يا (حازم).. لا..

ثم ارتطم جسدي بالحائط.. وسقطت فاقد الوعي.. أو فاقد الحياة.

* * *

النهاية..

كان وجه المأمور هو أول ما طالعني، عندما استعدت وعيي في الوحدة الصحية للقرية، ولم أكد أراه حتى غمغمت في ضعف:

- (حازم).. إنه...

قاطعني في خفوت:

- لقد انتهى الأمر.

سألته في جزع، وأنا أشعر بصداع شديد يكتنف رأسي:

- ماذا حدث؟

أجابني في ضيق:

- الطبيب الشرعي لقي مصرعه.. ارتطمت رأسه بالأرض، ومات على الفور.

هتفت في مرارة:

- و(حازم).

أجابني في اقتضاب:

- مات.

اتسعت عيناي في ذهول، وأنا أقول:

- مات؟!.. كيف؟

أجابني وهو يشيح بوجهه، ويغلق عينيه، وكأنها تخشى حتى تذكر الأمر:

- لقد فجر رأسه.. كان مشهدًا رهيبًا..

غمغمت ذاهلاً:

- انفجرت رأسه؟

وهززت رأسي في قوة، وكأنني أمنع عقلي من تخيل المشهد، وغمغمت:

- هذا ينهي كل شيء.

سألني الأمور في توتر:

- كان هو.. أليس كذلك؟

تمتمت:

- بلى.

زفر في قوة، وسألني:

- كيف ستذكر ذلك في تقريرك؟.

قلت وأنا استرخي مرة أخرى في فراشي:

- لن أذكر شيئًا.

قال في حيرة:

- كيف ستبرر كل تلك الجرائم إذن؟

أجبته في خفوت:

- لن يصدق مخلوق واحد الحقيقة، لو أنني ذكرتها في تقريري؛ لذا فليس أمامي سوى استخدام تلك العبارة، التي يبغضها كل وكيل نيابة شاب.

سألني في اهتمام:

- أية عبارة؟

سرح ذهني مع استعادة تفصيل الأمر كله منذ البداية، قبل أن أجيبه في حزم:

- العبارة التقليدية: «ولقد قيدت كل هذه الحوادث ضد مجهول»

ابتسم وهو يقول:

- نعم.. هذا أفضل.

واسترخي في مقعده، مستطردًا:

- إنها فعلاً تناسب هذا القول.

وتنهد مردفًا:

- ضد مجهول..

* * *

غموض الأمواج

صديقي

شعرت ببهجة شديدة، وأنا أقطع الكيلومترات الباقية بسيارتي، وسط جبال الرمال الصفراء، متجهًا إلى شاطئ البحر في مصيف (بلطيم)، تلبيه لدعوة مفتوحة، وجهها لي صديق عمري، وزميل دراستي (سليم عبد الفتاح)، لقضاء بضعة أيام معه، في كوخ يمتلكه على الشاطئ، بالقرب من فنار (بلطيم)، ويطلق عليه، كعادة سكان هذه المنطقة اسم (العشة)، ويقضي فيه الصيف كله تقريبًا وحده، ويعتبره المحفز الأول لأفكاره وأشعاره، منذ صار أدبيًا شاعرًا، يشار إليه بالبنان..
والعجيب أن دراستنا - (سليم) وأنا - لم تكن تنتمي إلى الدراسات الأدبية على الإطلاق، فكلانا خريج كلية العلوم، وإن إختلف تخصصانا، فأنا متخصص في علم الحيوان، وهو في علم طبقات الأرض (الجيولوجيا)، ولكن (سليم) كان يمتلك دومًا ذلك الحس الأدبي، وتلك الموهبة الخلاقة، التي جعلته يعمل محررًا هاويًا في واحدة من أشهر الصحف المصرية، قبل حتى أن يتخرج من الكلية.. ثم لم يلبث أن التحق بها محررًا محترفًا بعد التخرج، وانطلق عبر صفحاتها يصنع مجده الأدبي، حتى صار واحدًا من أشهر أدباء وشعراء (مصر)..
ومن بعيد لاح لي الكوخ المنعزل، أو العشة المصنوع نصفها السفلي من الطوب والأحجار، والمغطى نصفها العلوي بجدران وسقف من البوص، كمعظم العشش الأخرى..
ولقد كانت عشة (سليم) هذه منعزلة بحق، فعلى امتداد نصف الكيلومتر على جانبي الشاطئ، لم تكن تجاورها أية عشش أخرى، فقد شيدها هو في لسان رملي خاص يخترق جزءًا من البحر، بحيث يستحيل بناء عشش أخرى في محاذاتها.. ولعله تعمد ذلك ليحظي بالعزلة والهدوء، اللذين يعشقهما، واللذين دفعاه إلى القدوم إلى هنا، قبل أن ينتصف شهر يونيو، ويبدأ موسم المصيف الفعلي.. بحيث أصبح أشبه بمن يقيم في كوخ في منتصف صحراء، فهو في عزلة تامة..
وعندما أوقفت سيارتي إلى جوار عشة (سليم)، بدا لي المكان رهيبًا حقًا، فباستثناء الفنار الفخم، الذي يظهر من خلف جبل رملي قريب، والأمواج التي تضرب الشاطئ على نحو رتيب، بدت لي المنطقة مهجورة ساكنة تمامًا، حتى أنني لم أجرؤ على دق نفير سيارتي لإعلان وصولي، خشية أن أحطم تلك الصورة المهيبة للمكان، وفضلت أن أغادر السيارة، وأتجه إلى باب العشة الخشبي، وأدقه في هدوء..
ومضت لحظات من الصمت التام، قبل أن يتعالى وقع أقدام (سليم)، ويفتح الباب:
وهالني مرآه..
هالني بحق..
لم يكن هو نفسه (سليم) الذي أعرفه، المفعم بالحيوية والنشاط والقوة..
كان حتمًا رجلًا آخر..
شاحبًا، نحيلًا، زائغ البصر، مرتجف الشفاء..

وبدلًا من أن نتبادل التحية التقليدية، أو نتعانق في لهفة، شأن صديقين لم يلتقيا طيلة شهر كامل، وجدت نفسي أهتف ملتاعًا:
- (سليم)؟!.. ماذا أصابك؟
تطلع إلي بتلك النظرات الزائغة، قبل أن يتمتم:
- (راضي)؟!
قالها في لهجة رجل بوغت بما لم يكن يتوقعه أو يريده، أو بأسلوب من فوجئ بقدوم ضيف ثقيل في لحظة راحة واستجمام مما أصابني بغير قليل من الحرج والارتباك، لولا قلقي عليه، وأنا أقول في جزع:
- قل لي ماذا حدث؟
رأيت ابتسامة شاحبة باهتة ترتسم على شفتيه، كان من الواضح أنه قد استجمع كل ما تبقى له من قوة وجهد، ليرسمها على نحو مناسب، وهو يغمغم بحروف لم ينجح في إخفاء إرتجافها:
- ومن أنبأك بحدوث شئ؟
دلفت إلى الداخل، وأنا أشير إلى وجهه، قائلًا:
- أنت.. وجهك يحمل أهولًا.
رسم نفس الابتسامة على شفتيه، وهو يقول:
- أنت تبالغ كعادتك.. لقد كنت مريضًا بعض الوقت فحسب.
كان من الواضح أنه يكذب.. وأنه يخفي عني أمرًا ما..
وأنه لم يفعل هذا قط، طيلة عمر صداقتنا الطويلة..
وفي حيرة تطلعت إليه..
لماذا يكذب؟..
لماذا يعمد - لأول مرة - إلى إخفاء شئ ما عني؟..
إنه لم يخف عني أبدًا، حتى حقائق مشاعره وخباياها.. حتى اللحظات التي استسلم فيها لخفقاته..
لم يخف عني - بحكم صداقتنا - أمرًا واحدًا طيلة عمرينا.
فماذا حدث؟!..
كان من الواضح أنه يعاني توترًا شديدًا، فقد راح ينقر مسند مقعده بأصابعه في عصبية، وهو يتطلع عبر النافذة المفتوحة إلى البحر، ونظراته تحمل الكثير من القلق والترقب والخوف، مما دفعني إلى سؤاله:
- كيف حال العمل؟
التفت إلي، يسألني في شرود:
- أي عمل؟
غمغمت:
- قرض الشعر.
حدق في وجهي لحظات، وكأنما لم يفهم ما أعنيه، ثم عاد يدير عينيه إلى البحر، ويتطلع إليه بنفس التوتر والخوف، وهو يغمغم في لهجة بدت لي مريرة:
- الشعر؟!..
أدرت عيني بدوري، أتطلع إلى البحر في حيرة، ولم أدر أبدًا ما الذي يمكن أن يثيره ذلك البساط المائي الجميل في النفس، سوى النشوة والانتعاش؟!..

كيف يمكن لمشهد الأمواج الناعمة الرقيقة، وهي ترتطم بالشاطئ في رفق، ثم تنسحب عنه في حياء، أن يثير في النفس التوتر والخوف؟!..

ولكن مهلًا..

تلك النظرة في عيني (سليم) لم تكن تحمل التوتر والخوف فحسب.. لقد كانت مزيجًا عجيبًا من اللهفة والخوف، والترقب والقلق..

كانت نظرة إنسان ينتظر شيئًا يرهبه ويحبه في آن واحد.. تمامًا كمدمن المخدرات، عندما ينتظر المخدر في لهفة، وهو يخشاه في نفسه من إرادة وقوة.. وللحظة، راودتني فكرة أن يكون (سليم) مدمنًا، إلا أنني لم ألبث أن استبعدتها في نفس اللحظة..

وتضاعف فضولي، ولم أعد أحتمل السكوت، أو أطيق صبرًا على الغموض وقررت أن أتعامل مع (سليم) بذلك الأسلوب، الذي نتعامل به طيلة عمرنا، فملت نحوه، وسألته على نحو مباشر:

- حسنًا.. ماذا في البحر؟

أدهشني رد فعله كثيرًا.

بل أذهلني..

لقد انتفض وارتجف، وشحب، وامتقع، كما لو أنني قد أخبرته أن موعد مصرعه قد حان، وأنه سيقضي نحبه بأشد طرق الأرض عذابًا وإيلامًا، وهتف مرتعدًا منكمشًا مذعورًا:

- البحر؟!.. لا يوجد شئ في البحر.. لا شئ على الإطلاق.. من وضع في رأسك هذه الفكرة؟

تنهدت وقد أدركت عدم جدوى المصارحة، مع حالة (سليم) العجيبة، وشعرت لحظات بالندم لقدومي، ثم لم ألبث أن أبدلت هذا الشعور بشعور آخر بالارتياح؛ لأنني قد وصلت إلى صديقي في الوقت المناسب، قبل أن يصيبه ذلك الشئ في البحر بالجنون..

ولكن ما هذا الشئ؟

ألح هذا السؤال في ذهني، قبل أن يقول (سليم):

- لا ريب أنك تحتاج إلى الراحة، بعد رحلة السفر الطويلة، من (القاهرة) إلى (بلطيم).. سأعد لك قدحًا من الشاي، وعشاء بسيطًا.

أومأت برأسي موافقًا في خفوت، وتركته يذهب لإعداد ما عرض، وأنا أدير وجهي إلى البحر في حيرة..

ما الذي يخفيه ذلك السطح الهادئ المتموج؟..

أية لعنة تحملها هذه الأمواج؟..

ولم أتصور لحظتها أن رحلتي هذه ستبدل مسار عمري وحياتي كله..

وإلى الأبد..

✿✿✿

ماذا في البحر؟

لست أدرى كيف نمت بكل هذا العمق في تلك الليلة!!

لقد كانت حيرتي وحدها كافية لإيقاظي طيلة الليل، ولم أكن مرهقًا إلى ذلك الحد، ولكنني لم أكد أضع رأسي على الفراش، حتى رحت في نوم ثقيل عميق، يفوق حتى عمق نومي العادي، في أشد أيامي إرهاقًا..

وعندما استيقظت، لم يكن (سليم) في العشة..

لقد بحثت عنه طويلًا، وليست العشة بالضخامة التي تكفي لأن يختفي دون أن أعثر عليه..

ولم أدر أين ذهب (سليم)، ولقد شعرت في الواقع بالقلق إزاء اختفائه، وزاد من توتري ذلك الصداع، الذي يكتنف رأسي، والذي لم يفارقني منذ استيقاظي، فتوجهت إلى المطبخ؛ لإعداد قدح من الشاي، وبعد أن وضعت إبريق الشاي فوق الموقد المشتعل، وراح ماؤه يغلي، كشفت فجأة أنني أجهل أين يضع (سليم) الشاي.. فرحت أبحث عنه، ولكنني لم أعثر على ذرة واحدة منه، على الرغم من معرفتي بكم استهلاك (سليم) له، وراودتني فكرة أنه قد يحتفظ به في حجرة نومه، فذهبت إلى هناك، وفتحت صوانه، و...

وبهت..

كان الصوان منظمًا للغاية، كعادته (سليم)، ولكن أحد أرففه قد أُخلي تمامًا ، ليحتله تمثال رائع مبهر، لشعب مرجانية من الذهب الخالص، تزينها قطع صغيرة من الماس والياقوت والزمرد، لم يكد الضوء يسقط عليها، حتى راحت تتألق على نحو رائع مثير..

ووقفت أمام التمثال مبهورًا، مشدوهًا، دون أن أجرؤ حتى على لمسه..

لقد كان تحفة رائعة الجمال، صنعتها أصابع فنان ماهر، لملك عظيم، أو مليونير سخي، فلم يكن ثمن مثل هذه التحفة الرائعة يقل عن رقم يحتوي على سبعة أصفار من الجنيهات..

وفجأة أرتفع صوت غاضب من خلفي، يقول:

- ماذا تفعل هنا؟

استدرت إلى مصدر الصوت في حدة، ووقع بصري على (سليم)، الذي بدا بسحنته المقلوبه في تلك اللحظة أشبه بذئب غاضب، انتزع أحدهم فريسته..

وقبل أن أنبس بحرف واحد، اندفع (سليم) يتجاوزني، وأغلق صوانه في إحكام، وهو يقول في غلظة:

- لست أحب العبث بأشيائي.

تمتمت مرتبكًا:

- لقد كنت أبحث عن..

قاطعني ثائرًا:

- ابحث في مكان آخر، وليس في حجرتي.

تمتمت:

- معذرة.

لم يكن مثل هذا الموقف قد حدث بيننا أبدًا؛ لذا فقد بلغ ارتباكي وتوتري مبلغهما، وأنا أغادر حجرته، التي أغلقها بمفتاحها في إحكام، وقبض أصابعه على المفتاح في قوة..

لحظتها فقط لاحظت جسده المبتل، وشعره الملتصق بجبينه، فغمغمت محاولًا الابتعاد عما حدث:

- أكنت تسبح؟

أجابني في غلظة لم أعتدها منه أبدًا:

- ليس هذا من شأنك.

صدمني الجواب، فحدقت في وجهه لحظة، ثم انسحبت إلى الشرفة، وجلست صامتًا مبهوتًا، أحدق في البحر، الذي يملك وحده سر الغموض المحيط بالمكان، إلا أن (سليم) لم يلبث أن لحق بي، وغمغم في أسف:

- معذرة.. لقد كنت متوترًا فحسب.

قلت في خفوت، وأنا أتحاشى أن تلتقي عينانا:

- لا عليك.

غلفنا الصمت لحظات، تفاديت خلالها بدء الحديث، حتى أشار هو إلى البحر، وقال في لهجة أشبه بالولة:

- أليس رائعًا؟!

أدهشني جدًا انفعاله، الذي يختلف جذريًا عن انفعال أمس، فتطلعت إلى وجهه في حيرة، وأنا أساله:

- ماهذا؟

أجابني وكأنه أمر بديهي:

- البحر؟

ثم عاد يتطلع إلى البحر في هيام عاشق، مستطردًا:

- إنه أروع شئ في الوجود، وخزانة لأعظم أسرار الدنيا.. صدقني.. إننا لم نسبر غوره بعد، ولم نكشف كل خباياه، على الرغم من آلاف الكشوف، التي تنتمي إليه.

كانت فرصة سانحة لكشف السر، ولم أشأ إضاعتها، فقلت في حذر:

- هل كشفت فيه جديدًا؟

ارتسمت على شفتيه ابتسامه حالمة، وهو يقول:

- بل كشفت جنته.

وفجأة تبدلت ملامحه، واكتست بالحزن، وهو يستطرد:

- وجحميه.

لم أفهم المعنى جيدًا، فسألته في فضول:

- ما معنى أن تكشف الجنة، والجحيم في آن واحد؟

شرد ببصره لحظات، وهو يتطلع إلى نقطة مجهولة في البحر، قبل أن يبتسم في مرارة، ويقول في خفوت:

- إنما هو تعبير شعراء.

كنت أعلم أنه مازال يخفي عني الكثير، وأنه لم يفصح بعد عن كل ما لديه، ولم أطق المزيد من الأنتظار، فسألته:

- ألهذا الكشف علاقة بتمثال المرجان الذهبي؟

بقى صامتًا، جامدًا لحظات، قبل أن يقول في اقتضاب:

- إلى حد ما.

فجأة قفز إلى ذهني سؤال، لم يلبث أن وجد طريقه إلى لساني في اللحظة ذاتها، فقلت:

- ولكن أين كنت تسبح؟؟

أجابني في بساطة:

- في البحر.

قلت في حيرة:

- ولكنني لم أرك.. لقد بحثت عنك في العشة، ووقفت أتطلع إلى البحر طوال خمس دقائق كاملة، ولم تكن هناك.
أجابني في هدوء:
- لم تكن لتراني، فقد كنت تحت.. تحت سطح الماء..
سألته:
- لماذا؟
صمت طويلًا، وهو يتطلع إلى البحر، وشحب وجهه قليلًا، قبل أن يجيب في خفوت:
- لست أدري.
ثم اعتدل بغتة، وسألني:
- هل تناولت قدحًا من الشاي عند استيقاظك؟
قلت في ضيق:
- لم أجد الشاي.
ابتسم قائلًا:
- ربما لأنك لم تبحث جيدًا.. سأعد أنا لك قدح الشاي، الذي تحب تناوله كل صباح.
ذهب لإعداد الشاي، وتركني في الشرفة حائرًا، أتطلع إلى البحر، وأتساءل عن سر تلك التغيرات، التي تصيب (سليم)، وعن ارتباطها بالبحر، وأبحث عن تفسير لغموض أسلوبه وكلماته..
وفجأة، التقطت عيناي شيئًا ما على الرمل..
أثرًا صغيرًا، انطبع بالقرب من الأمواج، التي كادت تطمسه تقريبًا..
وبسرعة غادرت الشرفة، وانحنيت أتطلع إلى الأثر.. لقد كان يقابل أثر قدم ضفدع بشري، بتلك الأطراف الحادة، المتصل بعضها ببعض بوصلات قوسية صغيرة، أشبه بقدم ضفدع..
ودون أن أطيل النظر، عدت إلى الشرفة، واتخذت مجلسي كالسابق، حتى عاد (سليم) بقدح الشاي، فسألته متظاهرًا باللامبالاة:
- ألا يبدو لك هذا المكان مناسبًا لرياضة الغوص؟
هز كتفيه، قائلًا:
- ليس تمامًا.
قلت وأنا أرتشف رشفة من قدح الشاي:
- لو أنني خبير سياحي، لأحضرت العشرات من الضفادع البشرية هنا.
قال في بساطة:
- سيدهش مرآهم السكان كثيرًا.
كان هذا ما أرمي إليه بالضبط، لأسأله:
- ألا يرون الضفادع البشرية هنا أبدًا؟
هز رأسه نفيًا، وقال:
- هذا الشاطئ رملي تمامًا، وهواة الغوص يفضلون الشواطئ الصخرية.
سألته في اهتمام:
- وماذا عنك؟.. إنك تهوى الغوص.. ألم يرك السكان أبدًا في حذاء غوص؟
هز رأسه نفيًا مرة أخرى، وقال:
- مطلقًا، فلست أرتديه أبدًا.. إنني حتى لا أملك واحدًا، بل أحب السباحة هكذا.

ملأني التوتر مرة أخرى، ورحت أبحث عن تفسير آخر لأثر قدم الضفدع البشري على رمال الشاطئ..

صحيح أنني لم أر الأثر كاملًا، ولكنني واثق من طبيعته تمامًا..

إنه حتمًا أثر لقدم ضفدع بشري..

وفجأة جال بخاطري احتمال مخيف..

ماذا لو أنها آثار أقدام بعض مهربي المخدرات، الذين يتسللون إلى شواطئنا تحت الماء؟..

وجذب الاحتمال احتمالًا آخر..

هل يعمل (سليم) في مجال تهريب المخدرات؟..

ولم أجد الجواب هذه المرة أيضًا..

وتضاعفت حيرتي..

❀❀❀

الأعماق

في هذه الليلة أيضًا نمت نومًا عميقًا للغاية..

لست أدري ما الذي أصابني هنا؟.. إنني أقضي نهاري كله في مراقبه (سليم)، وهو يغوص في مياه البحر كل ثلاث أو أربع ساعات، وأعصر عقلي بحثًا عن تفسير مقنع لكل ما يحيط به من غموض.. لتوتره ولهفته وقلقه وحيرته..

وفي هذا الصباح أيضًا شعرت بصداع شديد، ولكن (سليم) كان في العشة، يجلس في شرفتها متطلعًا إلى البحر بتلك النظرة الغامضة، وشعره المبتل يؤكد أنه قد عاد منه على التو، فجلست أمامه، وقلت في هدوء:

- صباح الخير يا (سليم).

أجابني دون أن يدير عينيه عن البحر:

- صباح الخير.

سألته مشيرًا إلى شعره المبتل:

- قل لي: أتسبح طيلة الوقت؟

أجاب في إقتضاب:

- تقريبًا.

كان هناك سر يربطه بالبحر، ويدفعه إلى السباحة والغوص لأطول فترة ممكنة بالتأكيد..

- ولقد عقدت العزم على كشف هذا السر..

مهما كان الثمن..

وفي ذلك اليوم، وفي إطار الخطة التي وضعتها، لم ألق عليه أية أسئلة..

بل لم أبد أدنى اهتمام به، وتظاهرت بالإنهماك في إصلاح عطب وهمي في سيارتي، حتى ذهب هو إلى البحر مرة أخرى، في الثانية ظهرًا.

وعندئذ أسرعت إلى حجرته..

كنت واثقًا من أن صوانه يحوي سرًا آخر، بخلاف ذلك التمثال المبهر؛ لذا فقد فتشت ثيابه، التي تركها خلفه، عندما ذهب يسبح، حتى عثرت على مفتاح الصوان، وعلى الرغم مما ينطوي عليه هذا العمل من خسة، إلا أنني فتحت الصوان بلا تردد، وتطلعت في دشة إلى سمكة صغيرة من الفضة، مطعمة بعينين من العقيق، وقشور من البلاتين، وقد استقرت إلى جوار تمثال الشعب المرجانية الذهبي، وتساءلت متى أحضر (سليم) تلك التحفة الجديدة، ثم لم ألبث أن قفزت بذهني إلى استنتاج عجيب..

لم لا يكون (سليم) قد كشف كنزًا؟..

كان هذا يفسر تكتمه الشديد، وتوتره، فللمال شهوته وبريقه..

ويفسر أيضًا سباحته وغوصه لفترات طويلة، فلا ريب أنه يبحث عن المزيد من التحف الثمينة، والكنوز التي لا تقدر بمال..

نعم..

هذا هو الاستنتاج الصحيح..

لقد كشف (سليم) كنزًا..

ارتاحت نفسي لهذا الاستنتاج، على الرغم من أنه لم يفسر لي شحوبه وذبوله، ولا تلك النظرة التي تحمل آلاف المعاني، والتي يتطلع بها دومًا إلى البحر..

ولكنه كان تفسيرًا كافيًا ليصمت شيطان القلق في أعماقي.. إنه دارس لعلم طبقات الأرض، على الرغم من عدم اشتغاله به، ولا ريب أنه قد عثر بواسطته على كنز ما، ولكنه يحب الاحتفاظ به لنفسه..

وفجأة، انهدمت نظريتي رأسًا على عقب.. انهدمت عندما وقع بصري على سمكه محنطة تحنيطًا بسيطًا، كالذي يقوم به بعض باعة البحر الأحمر، عندما يجففون الأسماك، ويطلونها بطلاء يحفظ أنسجتها من التلف، ثم يصنعون منها عدة أشياء منزلية طريفة..

ولكن بالنسبة لرجل درس علم الحيوان، كانت السمكة مذهلة بحق..

لم تكن واحدة من الأسماك التي درستها في عمري كله، ولا حتى التي يألفها أي شخص عادي.

لقد كانت تشبه السمكة في كل شئ، إلا بالنسبة لزعانفها الجانبية، التي تحورت إلى ما يشبه ذراعي ضفدعة.

ذات أصابع خمس، وأغشية رقيقة تربط بينها..

لقد كانت حلقة من حلقات سلسلة التطور، التي تحدث عنها (داروين)..

وبينما رحت أدير السمكة لتأمل جوانبها في انبهار، راح عقلي يضع تفسيرًا جديدًا..

إنه لم يعثر على كنز مادي فحسب، وإنما على كشف علمي هائل..

هذا ما يؤكده وجود السمكة..

ولكن مهلًا..

ينبغي أن أعيد كل شئ إلى ما كان عليه، فلقد حان موعد عودة (سليم) من البحر..

أسرعت أرتب كل شئ كما كان، وعندما أعدت السمكة إلى موضعها، انزلق منديل صغير من موضعه خلفها، وسقطت من خلفه قنينة عجيبة الشكل، تحوى سائلًا أخضر اللون..

وفي دهشة، تناولت القنينة، ورحت أتأمل محتوياتها في حيرة..

كان ذلك السائل يبدو للوهلة الأولى رائقًا شفافًا، إلا أنك لا تلبث أن تنتبه إلى وجود ذرات صغيرة تسبح داخله بلا توقف، حتى لو وضعته ثابتًا.

وكان ملمس القنينة يبعث في النفس شعورًا عجيبًا..

وبلا وعي، وبادفع من فضول بلغ ذروته، أزحت غطاء القنينة، ورفعتها إلى أنفي، لأشم رائحة ذلك السائل الأخضر العجيب، الذي أضيف إلى الصورة، ليجعل من الأمر كله لغزًا محيرًا غامضًا.

وفي حذر، لمست السائل بطرف لساني.. ولما بدا لي مذاقه حلوًا، ارتشفت منه رشفة صغيرة، ثم أعدت الغطاء والقنينة إلى موضعهما، وأنا أتساءل عن كنه هذا السائل..

وعدت إلى الشرفة، متوقعًا عودة (سليم)، ولكن المكان بدا لي خاليًا تمامًا، حتى البحر، لم يكن به أثر (سليم)..

وانتظرت هذه المرة..

ومضت الدقائق كالدهور، وأنا أبحث بعيني عن (سليم).

ثم ظهر (سليم) فجأة على السطح، وراح يسبح نحو الشاطئ، ثم اتجه إلى العشة، وقال:

- كيف حالك يا (راضي)؟.. هل تشعر بالملل هنا؟

لوحت بكفي، وأنا أقول مبتسمًا:

- مطلقًا.

تطلع إلي طويلًا، وكأنما يحاول سبر أغواري، قبل أن يسألني في هدوء:

- ماذا تحب أن تتناول في العشاء؟

قلت متظاهرًا باللامبالاة:

- سمك مشوي. لو أن هذا متيسر.

أجابني في حدة مفاجئة:

- لا.. لا أسماك.

سألته في دهشة:

- لماذا؟.. لقد كنت تعشق الأسماك المشوية فيما مضى.

أجابني في صرامة:

- ليس الآن.

ثم أشاح بوجهه إلى البحر، مستطردًا في حزم:

- من حق الأسماك أن تحيا.

كان منطقًا يثير الدهشة، حتى أنني قلت معترضًا:

- ولكن الله (سبحانه وتعالى) منحنا حق صيد البحر، و...

قاطعني في حدة حاسمة:

- قلت لا أسماك.

لوحت بكفي، وأنا أنوي موافقته تأدبًا، ولكن فجأة حدث أمر عجيب..

فجأة شعرت وكأن الحجرة كلها قد خلت من الهواء..

وأنني أختنق..

وعلى الفور قفز ذهني إلى ذلك السائل الأخضر العجيب.

واحتقن وجهي بزرقة مخيفة، وسقطت على ركبتي أرضًا، وأنا أرفع كفي إلى (سليم)، هاتفًا في ضراعة:

- أنقذني.. إنني أموت.. إنني أختنق..

ثم نزل ستار أسود قاتم أمام عيني..

وفقدت توازني..

ووعيي..

❀ ❀ ❀

البدر الفضي..

لم أدر ما الذي أصابني، ولا كم من الوقت لبثت فاقد الوعي، ولكنني عندما استعدت إدراكي، كنت راقدًا على أريكة صغيرة، في ردهة العشة، وكان (سليم) يقف أمام نافذتها الضخمة، متطلعًا إلى البحر، وقد ترك العشة كلها مظلمة، إلا من ضوء القمر المكتمل بدرًا، والذي غمر الردهة بضوئه الفضي الساحر.. وعلى ضوء القمر، رأيت وجهًا جديدًا لـ(سليم)..

كان يقف صامتًا ساكنًا، وقد عقد كفيه خلف ظهره، وبدت ملامحه شديدة الصرامة والقوة، وعيناه تحملان غضبًا مكتومًا.

وعلى الرغم من شحوبه، بدا لي الليلة رهيبًا مخيفًا، ولم أكد أصدر صوتًا ينبئ عن استعادتي الوعي، حتى أدار عينيه إلى، وقال في غضب وصرامة:

ـ ألم أطلب منك عدم العبث بأشيائي؟

قلت في ارتباك:

ـ صدقني.. أنا لم..

قاطعني بصوت كالهدير:

ـ كاذب..

ثم اندفع نحوي، وجذبني من ياقة سترتي، مستطردًا في ثورة:

ـ أنت لا تدرك بأي شئ تعبث.. ولن تفهم أبدًا ماذا تواجه.. اترك كل شئ.. لا تدس أنفك فيما لا يعنيك.

ودفعني في عنف، ليعيدني إلى الأريكة، دون أن أنبس ببنت شفة، وبدت لي عيناه مخيفتين، وهو يقول في صرامة وحزم:

ـ ارحل.

هتفت مشدوهًا.

ـ أرحل؟!.. هل تطردني يا (سليم)؟

أشاح بوجهه عني، وهو يقول:

ـ هذا أفضل.. ارحل من هنا، قبل أن...

صمت وهلة، ثم أضاف في مرارة:

ـ قبل أن تفعل مثلي.

سألته مبهوتًا:

ـ وماذا فعلت أنت؟

لم يجب..

فقط راح يتطلع إلى قرص القمر المكتمل طويلًا، قبل أن يلتفت إلي، قائلًا في حزم، وبلهجة لا تقبل نقاشًا:
- سأعد لك قدحًا من الشاي.
لم يترك لي فرصة المناقشة أو الاعتراض، بل اتجه على الفور إلى المطبخ ليعد الشاي.
وفي صمت وحذر، غادرت الأريكة، وتسللت على أطراف أصابعي، أختلس النظر إليه، وهو يعد الشاي، وقد خامرتني فكرة مخيفة..
وكانت شكوكي هذه المرة في محلها..
لقد انتهى (سليم) من إعداد الشاي، ثم أضاف إليه قطرات من سائل وردي..
هذا إذن هو سر النوم العميق، الذي أسقط فيه كل ليلة..
إنه يخدرني..
إنه يبعدني عن أمر ما..
وبسرعة، عدت إلى الأريكة، واستلقيت فوقها، حتى عاد يحمل قدح الشاي، وقدمه إلي قائلًا في حزم:
- اشرب.
حملت القدح، ونهضت من الأريكة، قائلًا:
- الأفضل أن أتناوله في حجرتي، فما زال رأسي يدور.
غمغم وهو يتطلع إلى القمر:
- هذا أفضل.
ذهبت بالقدح إلى حجرتي، ثم أسرعت أفرغه عبر نافذتها فوق الرمال، واستلقيت على فراشي، وسبلت عيني متظاهرًا بالنوم، وإن راح عقلي يلقي عشرات الأسئلة..
ما سر كل هذا؟..
ما طبيعة ذلك السائل الأخضر العجيب، على هذه التحف النادرة؟..
لماذا يتطلع دومًا إلى البحر؟..
انتزعني من أفكاري صوت باب حجرتي يفتح، وشعرت بـ(سليم) يدلف إليها، ويتوقف لحظات عند طرف فراشي..
كان من الواضح أنه يتأكد من نومي، قبل أن يبدأ ذلك العمل الذي يخدرني من أجله يوميًا..
وفي هدوء، غادر (سليم) حجرتي، وأغلق بابها خلفه، فقفزت من الفراش، وحمدت الله (سبحانه وتعالى)؛ لأن النصف العلوي من جدران العشة مصنوع من البوص، مما يؤهلني لرؤية ما يفعله (سليم) في حجرته، دون أن يشعر هو بي..
وعبر أعواد البوص، رأيت (سليم) يقف أمام صوانه الخاص، ويتناول منه تلك القنينة العجيبة، ليجرع منها بعض السائل الأخضر، ثم يتنزع ثيابه كلها، إلا من ثوب بحر صغير..
ثم غادر (سليم) العشة، وسار على رمال الشاطئ في بطء، وعيناه متعلقتان بالأمواج التي ترتطم بالشاطئ..
وعلى ضوء القمر، شاهدته يقف على الشاطئ صامتًا، يتطلع إلى البحر كتمثال من الملح..
ثم فجأة، خيل إلي أن سطح الماء يتوتر في بقعة ما قريبة من (سليم)، ثم لم يلبث هذا الخيال أن تحول إلى حقيقة، وبرز شئ ما من تحت الماء..
واتسعت عيناي في ذهول..

لقد كانت معجزة..
أو هي لعنة..
لعنة البحر..

✿✿✿

امرأة ساحرة..

لم أصدق عيناي في البداية، بل خيل إلي أنني أحلم، أو أن أحلام صباي وشبابي كلها تجمعت في صورة رائعة مذهلة..
لقد كان ذلك الشئ، الذي خرج من الماء امرأة..
نعم.. امرأة هي أروع وأجمل ما رأيت في عمري كله.. بل أروع حتى مما وصف الشعراء المرأة..
كانت كتلة من الفتنة والسحر..
قوام متناسق بديع التكوين، هو أية في الجمال والفتنة..
ووجه حورية من حوريات الجنة، بفم أشهى من فاكهة طازجة، نبتت قبل موسمها، وبعينين هما كل سحر البحر وغموضه، فيهما مطلع القمر وشروق الشمس، وشعر أخضر ناعم ينسدل على كتفين لهما استدارة ساحرة..
كل شئ فيها كان ساحرًا، فاتنًا، طاغيًا..
كانت أمرأة أروع من كل نساء الأرض..
وبين أصابع كفيها، لمحت على ضوء القمر ذلك الغشاء الرقيق، الذي يشبه زحفات العوم عند بعض الطيور، وعندما نقلت بصري إلى قدميها، رأيت قدمًا أشبه بحذاء ضفدع بشري..
وكانت فاتنة البحر هذه ترتدي ثوبًا يلتصق بجسدها، من عنقها إلى ركبتيها، ويلتمع ببريق ذهب خالص..
وكان (سليم) يتجه إليها كالمأخوذ..
وفي نعومة مذهلة، رفعت الفاتنة كفيها إلى (سليم)، فالتقطها في راحتيه في لهفة وحب، وراح الإثنان يتطلع أحدهما إلى الآخر لحظات في هيام، ثم ارتسمت على الشفتين الطازجتين ابتسامة، وتشابكت الكفان، وأتجه (سليم) مع الفاتنة إلى البحر، وغاصا..
ظللت أحدق في الشاطئ كالمأخوذ، والوقت يمضي بطيئًا ثقيلًا، حتى انتفض جسدي بغتة، كما لو أنني أفيق من غيبوبة..
بل من نشوة عارمة..
الآن فهمت..
الآن أزدت حيرة..
فهمت لماذا كان (سليم) يعمد إلى تخديري في كل ليلة..
فهمت سر اللهفة والترقب في عينيه..
فهمت سر تطلعه الدائم إلى البحر..
وازددت حيرة بشأن قدرته على البقاء تحت الماء طويلًا..

كيف لم انتبه إلى هذا في حينه؟!
لقد قضى، في اليوم التالي لوصولي، خمس دقائق كاملة تحت الماء.. ومن يمكنه أن يحبس أنفاسه كل هذا الوقت؟!..
ثم لماذا يختلط الترقب واللهفة في عينيه بالتوتر والقلق والخوف؟..
وما سر تلك الساحرة؟..
عشرات التساؤلات ملأت رأسي، حتى بعد أن رأيت ما رأيت..
بل إن ما رأيته هو السر في تزايد الأسئلة وتزاحمها..
وفي شرفة العشة، اتخذت مقعدًا يخفيه سور الشرفة عن الأنظار، ورحت أنتظر..
ومع شروق الشمس، صعد الإثنان من تحت الماء.. ورأيت الفاتنة أكثر وضوحًا في ضوء الشمس..
كانت أكثر من رائعة..
كانت فتنة تمشي على قدمين، وسحرًا ينبض بعروق الحياة..
وملأ كل منهما عينيه بصورة الآخر، ثم ابتسمت فاتنة البحر، وجذبت يدها من أصابع (سليم) في رفق، وعادت إلى الماء..
في تلك اللحظة بدا (سليم) أشبه برجل تفارقه حياته، وهو يتابعها ببصره في حزن ومرارة، حتى اختفت تحت سطح الماء..
والواقع أنني أيضًا شعرت بالمرارة والحزن..
لقد حسدت (سليم) لحظتها..
حسدته؛ لأنه استطاع أن يمضي الكثير من الوقت مع ملكه السحر نفسها..
وتمنيت لحظتها لو أقترب منها..
لو أتطلع إلى عينيها الساحرتين!!.
لو ألتهم شفتيها!!.
وجلست في مقعدي صامتًا، حتى بلغ (سليم) الشرفة، فتسمر مشدوهًا، وتطلع إلى مأخوذًا..
وفي خفوت، تمتمت:
- لقد رأيت كل شئ.
ظل يحدق في وجهي لحظات، فأضفت:
- وفهمت كل شئ.
أطرق بوجهه أرضًا، وغمغم في مرارة:
- كنت أعلم أن هذا سيحدث، إن عاجلًا أو آجلًا.
غمغمت في خفوت، وكان كلينا يخشى رفع صوته، حتى لا يسئ إلى الموقف:
- لماذا لم تخبرني؟
هز رأسه، وقال:
- كان من المستحيل أن يصدقني أحد.. حتى أنت.
قلت مؤمنًا:
- صدقت.. الأمر أعجب من أن أصدقه، على الرغم من رؤيتي له بنفسي.
تنهد في عمق، وقال:
- حسنًا.. سأخبرك بالسر.
ورفع عينيه إلي، وهو يستطرد مستسلمًا:

ـ بالسر كله..

❀❀❀

الأسطورة..

كان يتطلع إلى البحر بنفس النظرة، التي تحمل مختلف الأحاسيس والمشاعر، وهو يقول:

ـ الأمر يبدو أشبه بالأساطير، حتى أنني أنا نفسي أعجز أحيانًا عن تصديقه، ويبدو لي كأنه حلم طويل عميق، لم أستيقظ منه بعد.. لقد بدا الأمر منذ أسبوعين فحسب، في ليلة غاب فيها القمر تمامًا، وبدا الليل عميقًا صامتًا رهيبًا.. وفي مثل تلك الليالي، يحلو لي الجلوس على الشاطئ في الظلام، تاركًا الأمواج تعبث بقدمي وتداعبها.. وبينما أسترخي جسدي مع الليل والبحر، ورتابة الأمواج، وراحت قصائد الشعر تولد في خيالي، تناهى إلى مسامعي فجأة تأوه أنثوي مكتوم..

صمت لحظة، وشرد ببصره مغمغمًا:

ـ ورأيتها.

صمت لحظة أخرى، وكأنما هذه الكلمة وحدها قد أرهقته، بكل ما حملته إليه من مشاعر وذكريات ومعان، قبل أن يتابع:

ـ كانت جريحة، ألقى بها الموج إلى الشاطئ، وكانت ضعيفة، واهنة، فاتنة، حتى أنني لم أتمالك نفسي أمام سحرها، فأسرعت أحملها إلى عشتي، وأنا أتصور أنها واحدة من راكبات السفن، سقطت في البحر، وحملتها الأمواج إلى الشاطئ.

تنهد في عمق، مع استعادته للذكرى، واستطرد:

ـ وفي الدهشة فوجئت بالزعانف بين أصابع يديها، وبقدميها الشبيهتين بقدمي ضفدع بشري، وشعرها الأخضر الناعم.. ولكنني داويت جراحها، محاولًا تجاهل كل هذا، لولا أن احتقن وجهها فجأة في زرقة، وأشارت إلى البحر في هلع.. ولم أكن أحتاج إلى الكثير من الذكاء، لأدرك ما الذي تعنيه.. لقد كانت مخلوقًا بحريًا، وليست واحدة من البشر مثلنا.. وكانت تحتاج إلى الماء، أو تختنق.. وبسرعة حملتها إلى البحر، وبسرعة أيضًا استعادت قوتها ووعيها، وابتسمت أجمل ابتسامة رأيتها في حياتي، وهي تقول في رقة بالغة:

ـ أشكرك

هتفت في دهشة:

ـ أهي تتحدث لغتنا العربية؟

هز رأسه نفيًا، وقال:

ـ هذا ما تصورته لحظتها، لولا أن انتبهت إلى أنها لم تفتح شفتيها، وأنني لم أسمع تلك الكلمة بأذني، وإنما بعقلي.. لقد كانت تستخدم أسلوب التخاطر العقلي، وتجيده في مهاره، ولقد علمتني أياه في يوم واحد.

تنهد مرة أخرى، وقال:

ـ وأحببتها.

لم أنبس ببنت شفة، عندما صمت طويلًا بعد هذه الكلمة، وتركته يسترجع لحظات سعادته وحبه، قبل أن يتابع:
- لم أعد أطيق صبرًا على حبها، وصارحتها بالأمر، ولكنها واجهتني بحقيقة محزنة، ألا وهي أن أحدنا لا يستطيع العيش في عالم الآخر، فهي برمائية، وأنا بري.. هي تحيا في الماء، وأنا على الأرض.. وآلمني ذلك للغاية، وأهدتني هي ذلك التمثال للشعاب المرجانية، محاولة للتسرية عني، إلا أنني لم أشعر بالارتياح، ولم يهدأ بالي، حتى صارحتها يومًا بأنني مستعد للزواج منها، مهما كانت التضحيات..
شرد بصره، وهو يتابع:
- وغابت ثلاثة أيام كاملة، ثم عادت تحمل إلى قنينة الدواء العجيبة، التي عبثت أنت بها، وأخبرتني أنه من المستحيل تحويل البرمائية إلى برية، ولكن هناك عقار كشفه أحد علمائهم، يمكنه تحويل البري إلى برمائي، وأخبرتني أنه إذا ما كنت أريد البقاء معها حقًا، فلابد لي من المخاطرة بالتحول إلى واحد من بني قومها.
صمت لحظات، ثم استطرد في مرارة:
- ورحت أتناول العقار في انتظام، وفي كل مرة أتناوله، تزداد قدرتي على البقاء تحت الماء، ونحن نلهو ونلعب ونمرح معًا.. وهي تحضر لي الهدية تلو الآخرى، من تحف مملكة البحار، التي يحكمها والدها، حتى أمكنني أن أقضي الليلة ست ساعات معها تحت الماء، ويقول علماؤها إن هذا يؤهلني للزواج منها.
غمغمت:
- متى؟
طال صمته هذه المرة، قبل أن يقول في همس:
- الليلة.
هتفت في مزيج من الدهشة والجزع والاستنكار:
- الليلة؟!
أومأ برأسه إيجابًا، فهتفت به:
- ولكنك لا تدرك أبعاد ما تفعل يا (سليم).. إن هذا يعني انسلاخك تمامًا عن مجتمعك الأرضي، وعن كل من عرفتهم وما عرفته.. أرأيت ماذا حدث لي، عندما تناولت جرعة من العقار الأخضر.. لقد كنت أختنق، وهذا دليل على أننا لا نصلح لمعيشتهم.. لم نخلق لذلك.
قال في خفوت:
- لقد أصابني ما أصابك في المرة الأولى، ولهذا علمت ما حدث لك على الفور، ولكنني لم ألبث أن اعتدت تناول العقار، وتعلمت أنه من الضروري أن أغوص في مياه البحر بعد تناوله مباشرة، في الشهور الأولى على الأقل، وإلا فسأختنق.. تمامًا كسمكة أخرجتها من الماء.. وتمامًا مثلما حدث لك.. ثم إنك لم تر عالمها.. إنهم قوم متحضرون كثيرًا.. وهم أفضل منا بآلاف المرات، فهم يتعايشون في أمن وسلام، ويجندون كل علومهم للخير وحده، حتى أنهم يخشون كشف أمرهم لنا، حتى لا ننقل كل رذائلنا إليهم.. صحيح أنني أشعر بالخوف والقلق لمفارقة عالمي، ولكنني أفعل هذا من أجلها.
قلت في توتر:
- هذا لا يعني أن تذهب معها.. دعها هي تأتي إليك

تطلع إلى عيني مباشرة، وقال:

- هل رأيتها؟

أجبته بالإيجاب، فابتسم ابتسامة باهتة، وقال:

- ماذا كنت ستفعل، لو كنت مكاني؟

أصابني السؤال بحيرة طويلة، قبل أن أجيب:

- كنت سأذهب معها، ولو إلى الجحيم.

ربت على كتفي، مغمغمًا:

- الآن عدنا نفكر بعقل واحد..

وفي المساء، لم يدس لي (سليم) المخدر في قدح الشاي.. لقد تركني أنتظرها إلى جواره، على شاطئ البحر.. وأتت هي..

ومن قريب، رأيتها سحرًا وفتنة، جمالًا يفوق أهل الأرض جميعًا..

والعجيب إنها لم تخف لوجودي، ولم تجفل أو تتراجع.. فقط منحتني ابتسامة عذبة، وتطلعت إلى (سليم)، الذي احتوى كفها في راحته، وأشار إلي قائلًا:

- هذا (راضي).. صديقي.

أقسم إنه لم يفتح شفتيه، ولم ينطق الجملة..

- ولكنني سمعتها..

وابتسمت فاتنة البحر ابتسامة أكثر عذوبة، وهي تقول، دون أن تفتح شفتيها:

- كل أصدقاء (سليم) أصدقائي.

التفت إلى (سليم)، وتطلع كلانا إلى الآخر في صمت، ثم امتدت أيدينا تتصافح في قوة، وترقرقت الدموع في عيني، وأنا أقول:

- لا تغب طويلًا.. سأنتظرك.

قال:

- سنزورك معًا.. هنا.

وأضافت الفاتنة بعقلها:

- وربما أحضرت شقيقتي التوءم.

هتفت مبهورًا:

- حقًا؟!

بدا لي قولها بمثابة وعد، وهي تمسك كف (سليم)، الذي لوح لي بكفه الأخرى، قائلًا:

- الوداع يا صديقي.. الوداع..

وبين أمواج البحر، رأيتهما يختفيان، حتى غابا عن الأنظار، فانحدرت دمعة على وجهي، وتمتمت:

- وداعًا يا (سليم)..

وعندما عدت إلى شرفة العشة، كنت أشعر أنني لم أفقد (سليم) تمامًا، وأننا سنلتقي كثيرًا فيما بعد.

ولقد قضيت ليلتي كلها في الشرفة، حتى أشرقت الشمس.

وفجأة، اتخذت قراري، واتجهت إلى حجرة نوم (سليم) وفتحت دولابه، وأخرجت قنينة السائل الأخضر، وارتشفت منها رشفة كبيرة، ثم رحت أخلع ملابسي..

لقد قال إنه من الضروري أن يغوص المرء بعدها مباشرة.. وفي لهفة، رحت أعدو فوق رمال الشاطئ نحو البحر..

إنني أسير في نفس الخطوات، التي سار فيها (سليم)..
لقد أصابتني اللعنة مثله..
لعنة البحر..

جيناتي

النسخة..

«إنها مهزلة.. فضيحة ومهزلة معا!..».
صرخ (أسامة الدالي)، الملياردير المعروف، بتلك الكلمات في غضب هادر، وهو يضرب سطح مكتبه بقبضته، ويواجه رؤساء الأكاديمية الطبية الخاصة التي يمتلكها، والتي شيدها بكفاحه وإصراره، منذ بدايات القرن الحادي والعشرين، قبل أن يستطرد:
- كيف أمتلك أكبر إمبراطورية طبية في الشرق الأوسط كله، وأعجز عن علاج كبد متليف؟.. كيف؟.. إنني لم أبخل عليكم أبدًا بأحدث الأجهزة الطبية الإليكترونية، حتى أنكم تستطيعون الآن إجراء أعقد العمليات الجراحية، دون الاستعانة بمساعدين.. هل كنتم تفعلون هذا في الماضي؟.. هل كان بإمكان الواحد منكم إجراء عملية نقل قلب بمفرده، كما تفعلون الآن؟
غمغم أحد الأطباء في ضيق:
- لا.. كان هذا مستحيلاً في القرن العشرين، أما الآن فنحن نفعلها، ولكن العالم كله يفعلها.
صرخ (أسامة):
- ماذا تعني؟.. أتعني أنني لم أضف جديدًا؟
زفر طبيب آخر في ضيق، وهو يقول:
- ليس هذا ما أقصده، وإنما أقصد أن الطب يتطور في العالم كله، وعلى الرغم من ذلك، فمشكلة كبدك مشكلة عويصة معقدة بالفعل، ليس لصعوبة استبداله بكبد أخرى، فبنوك الأعضاء تنتشر الآن في العالم أجمع، وشراء كبد سليمة لن يتكلف أكثر من مليون ونصف مليون من الجنيهات، ولكن المشكلة الحقيقية هي في فصيلة دمك..
هتف (أسامة) محنقًا:
- وماذا عنها؟
قال الطبيب:
- إنها فصيلة دم شديدة الندرة، حتى إننا لم نجد كبدًا واحدة، في كل بنوك الأعضاء، يصلح للزرع في جسدك، دون أن يتعرض للفظ شديد من خلاياك.
صرخ في حنق:
- ألا توجد وسيلة إذن؟
اقتربت منه طبيبة شابة، وربتت على كتفه في حنان، وهي تقول:
- اهدأ يا (أسامة).. سيوجد حل حتمًا.
صرخ في وجهها، وهو يبعد كفها عن كتفه في قسوة:
- كفى تزلفًا.. إنني أكره أسلوبك الحنون هذا.. أبغضه.
بدت الصدمة على وجهها، وتراجعت كالمصعوقة، وهي تحدق في وجهه في رعب، هاتفةً:
- تبغضه؟!

أجابها في غلظة:

- نعم.. أبغضه.. أبغضه كما أبغض أسلوبك الناعم هذا، وأحب أن أخبرك أن حبك لي هذا أمر سخيف، فلم أخلق للحب.

اتسعت عيناها في ذهول، وهي تردد:

- حبي لك؟

صرخ:

- نعم.. أتريدين وضوحًا أكثر؟

هتفت في مرارة:

- أنت رجل بلا قلب.

واندفعت تغادر الحجرة، وعيون الأطباء تتبعها في إشفاق..

كانوا يعلمون أنها غارقة في حبه بالفعل..

وأنه لا يشعر بها قط..

ولم يكن (أسامة الدالي) أبدًا بالرجل الذي يحب.. لقد وهب قلبه لهدف واحد.. المال.

وفي ثورة، تابع هو، وكأن ما فعله معها لا يستحق التوقف لحظة:

- أريد حلاً.. لا تتركوني هكذا.

تبادل الأطباء نظرات بائسة، قبل أن يغمغم أحدهم في تردد:

- في الواقع، ربما كان الحل الوحيد هو..

قاطعه (أسامة) في لهفة:

- هو ماذا؟

تردد الطبيب لحظة أخرى، ثم أجاب:

- الاستنساخ.

عقد (أسامة) حاجبيه، وهو يقول في حدة:

- ماذا؟

أجابه الطبيب في سرعة:

- التزاوج اللاجنسي يا سيدي.. تلك التجارب التي ينكب عليها العلم، منذ الربع الأخير من القرن العشرين الماضي، والتي بلغنا نحن فيها شأنًا جيدًا، مع بدايات القرن الحادي والعشرين.

جلس (أسامة) خلف مكتبه، وبدا الاهتمام الشديد على وجهه، وهو يلوح بكفه، قائلًا:

- زدني بالله عليك، فلست طبيبًا مثلكم، لأفهم كل هذا.

تنهد الطبيب في ارتياح، وقال:

- حسناً.. سأشرح لك الأمر بالتفصيل يا سيد (أسامة).. إننا سنحصل على خلية واحدة من خلاياك، ونعمل على تنميتها بوسائل صناعية، وباستخدام هرمونات النمو الفائقة القوة، التي تم ابتكارها عام ألف وتسعمائة وتسعة وتسعين، في ظروف صناعية ملائمة، و...

قاطعه (أسامة) بنفاد صبر:

- وماذا؟

تراجع الطبيب وكأنما بوغت بالمقاطعة، وعقد حاجبيه في ضيق، وهو يجيب:

- باختصار، سننمي خلية من خلاياك، لنحصل على نسخة ثانية منك.

عقد (أسامة) حاجبيه في شدة، وهو يقول:

- نسخة؟!

أسرع الطبيب يكمل:

- وهذه النسخة ستكون صورة طبق الأصل منك، في هيئتك، وحجمك، وملامحك، وحتى في بصماتك وفصيلة دمك النادرة.

بدأ (أسامة) يستوعب الأمر، وهو يقول في اهتمام:

- وفصيلة دمي النادرة أيضًا؟!.. هذا رائع.. أتعني أننا نستطيع في تلك الحالة أن نحصل على كبد ملائمة.

ابتسم الطبيب، وهو يقول:

- تمامًا، وستتميز هذه الكبد عن غيرها في كونها من نفس صفاتك بالضبط، لأنه في الواقع جزء منك أنت، ولن يلفظه الجسم مطلقًا.

تألقت عينا (أسامة)، وهو يهتف:

- رائع.. رائع.. إنها وسيلة مثالية تمامًا.

ثم استطرد في شغف:

- وكم سيحتاج هذا؟

أجابه الطبيب في حماس:

- عام واحد، يمكنك أن تحيا خلاله باستخدام كبد صناعية مؤقتة، وسيتكلف الأمر حوالي عشرة ملايين جنيه، و...

هتف (أسامة):

- النقود لا تهمني.. إنني أشتري حياتي.

تردد الطبيب لحظات، ثم قال:

- هناك مشكلة أخرى.

سأله (أسامة) في جزع:

- ما هي؟!

أجابه الطبيب في خفوت:

- اثنان فقط يمكنهما تخليق ذلك البديل.. الدكتور (رشيد)، و.. والدكتورة (علياء).

ارتفع حاجبا (أسامة)، وهو يهتف في استنكار:

- (علياء)؟!.. تلك المأفونة؟!

أجبه الطبيب:

- إنها الوحيدة المتخصصة في الإنتاج الوراثي الفائق، والتزاوج اللا جنسي، إلى جوار تخصصها كجراحة قلب.

عاد (أسامة) يكرر في استخفاف:

- تلك السخيفة!

لم يجبه أحد هذه المرة، فعقد حاجبيه مفكرًا بعض الوقت، ثم قال في حزم:

- حسنًا.. أتركوا لي هذه المهمة.

غادر الأطباء حجرته، فيما ضغط هو زر الاتصال بينه وبين سكرتيرته، وهو يقول:

- ابعثي في طلب الدكتورة (علياء).. أريدها في حجرتي على الفور.

لم تمض دقائق، حتى كانت الدكتورة (علياء) تدلف إلى حجرته، والحنق يحفر بصماته على وجهها الجميل، إلا أن (أسامة) استقبلها بابتسامة حنون، وهو يقول:

- تقدمي يا عزيزتي (علياء)، لا ريب أنك مستاءة مني كثيرًا.

قالت في سخط، وهي تجلس على المقعد المقابل لمكتبه:

- وماذا تنتظر مني، بعد أن أهنتني أمام الجميع؟

أطلق تنهيدة قوية، وهو يقول:

- حتى أنت لا تقدرين موقفي؟

شعر قلبها بلوعة من أجله، حتى أنها لم تنتبه إلى تمثيله الواضح، وهو يستطرد:

- كنت أتصور أن حبنا سيجعلك تقدرين.

خفق قلبها في عنف، وهي تقول:

- حبنا؟!

رفع عينيه إليها، واستجلب كل مهاراته التمثيلية، وهو يقول:

- ألم تفهمي بعد؟!.. ألم تدركي أنني أحبك؟

ارتفع حاجباها في حنان، وهبت من مقعدها، هاتفةً:

- (أسامة).. أحقًا ما أسمع؟!

نهض بدوره، واحتضن كفها في راحته، وهو يتطلع إلى عينيها، قائلًا:

- لقد حاولت أن أخفي ذلك في قلبي.. حاولت أن أدفعك لكراهيتي، حتى لا تحزني لموتى المحتم، بعد أن يعجز كبدي عن العمل.

أغرورقت عيناها بالدموع، وهي تقول:

- لا يا (أسامة).. كان ينبغي أن تخبرني.. بإذن الله، سنجد وسيلة لعلاج كبدك حتمًا.. رباه!! لا بد من وسيلة.

تظاهر بالحزن والأسى، وهو يقول:

- فصيلة دمي النادرة تحول دون ذلك يا حبيبتي.. آه لو كان هناك شخص يملك نفس الفصيلة.. آه لو كان لي بديل، يملك نفس صفاتي.

تجمدت الدموع في عينيها، وهي تقول:

- بديل؟!

ثم لم تلبث أن هتفت في حماس:

- نعم.. هذا هو الحل يا حبيبي.. البديل.. سنخلق منك بديلاً، ونحصل على ذلك الكبد..

هتف وكأنه يسمع ذلك لأول مرة:

- كيف؟!

راحت تشرح له في حماس فكرة التزاوج اللا جنسي، وتؤكد له أنها ليست وسيلة جديدة، وأن العلماء يجرونها بنجاح على اللافقاريات، منذ ثمانينات القرن العشرين .

كان هو يتظاهر بالدهشة، حتى انتهت من حديثها، فغمغم في بأس:

- ولكن من يمكنه أن يصنع ذلك البديل، الذي تتوقف عليه حياتي؟

هتفت في حماس:

- أنا!

وأضافت وهي تمسك يديه في قوة:

- أنا يمكنني أن أفعل أي شيء من أجلك.. من أجل حبنا.
تطلع إلى عينيها مباشرة، وهو يهتف:
- أحقا يا (علياء)؟!.. أهناك أمل في أن أحيا، وفي أن يحيا حبنا.
هتفت في حرارة وحب:
- سأبذل قصارى جهدي لتحيا يا حبيبي.. سأصنع، بمشيئة الله، ذلك البديل.. سأصنعه من أجلك أنت..
وفي أعماقه، ابتسم (أسامة) في ظفر..
سيحصل على البديل..
وسيحيا..

لا..

حدق (أسامة الدالي) مشدوهًا، في ذلك الحوض الزجاجي المرتفع، واتسعت عيناه عن آخرهما، وهو يتطلع في ذهول إلى بديله..
إلى نسخة طبق الأصل منه..
كائن بشري كامل، يماثله طولاً وعرضًا وحجمًا..
بديل تام له..
نفس الهيئة..
نفس الملامح..
نفس القسمات..
وابتسمت (علياء) في حنان، وهي تقول:
- بديلك مستعد يا حبيبي.
هتف (أسامة):
- ولكن هذا مذهل.. رائع.. إنه نسخة طبق الأصل مني بالفعل، ولكن كيف أصبح يماثلني سنًا وحجمًا، خلال عام واحد، وأنا الذي احتجت إلى خمسة وأربعين عامًا، لأبلغ ما بلغته.
ربتت على كتفه في حب، وهي تقول:
- إنه العلم، وهرمونات النمو الفائقة يا عزيزي.. إنه البديل الكامل، الذي يحلم به العلم منذ سنوات، والذي كانت تكلفة إنتاجه الباهظة تحول دون إكتمال تجاربه، في ظل الأزمات الاقتصادية الطاحنة، التي تجتاح العالم منذ الربع الأخير من القرن العشرين.
هتف في لهفة:
- ومتى يمكنني أن أحصل على كبده؟
قالت مبتسمة:
- أسبوع واحد على الأكثر.
هتف:
- ولماذا لا أحصل عليه الآن؟
تنهدت، وقالت:

- من أجل التطور العلمي يا عزيزي..
عقد حاجبيه، وهو يقول مستنكرًا:
- أي تطور علمي هذا؟
أشارت إلى الحوض الزجاجي، حيث يسبح البديل في هدوء، وسط سائل أشبه بالسائل الجنيني، الذي يتكون في رحم الأم، وهي تقول في حماس:
- ألا تدرك ما حدث؟ أنت أمام معجزة طبية حقيقية.. أمام أول بديل بشري متكامل ينشأ من تزاوج لا جنسي.. إنه أعظم كشف في قرننا الحادي والعشرين، ومثل هذا الكشف لا ينبغي إهداره من أجل كبد واحدة. هتف محنقًا:
ماذا تعنين؟!.. ألن أحصل على كبده؟
داعبت خصلات شعره الناعمة، وهي تقول في حنان وحماس:
- سنحصل عليه بالطبع يا عزيزي، ولكننا في البداية سنتم تجاربنا على هذا البديل المعجزة.. أتعلم أننا نلقنه لغتنا، عبر وسائل صناعية، منذ بدأنا تخليقه، وأنه سيحصل فور إيقاظنا له على صوتك، وعلى بعض من ذاكرتك.. إننا نحب أن ندرس ذلك أولاً، قبل أن ننتزع كبده.
كان يتمنى أن يرفض هذا العبث في حزم، وأن يأمرها بانتزاع كبد البديل على الفور، إلا أنه كان قد أدرك، خلال عام كامل، تظاهر طواله بالوقوع في حبها، أنها من ذلك النوع العنيد، المستعد لتدمير العملية كلها في لحظة، لو أنه حاول إجبارها على اتخاذ أية خطوة تخالف عقيدتها، لذا فقد قرر الصبر والاحتمال، وهو يقول:
- ومتى ينتهي ذلك!
أجابته باسمه:
- بعد أسبوع واحد فقط يا حبيبي.
غمغم ساخطًا:
- أسرعي بالله عليك، فاستخدام الكبد الصناعية يرهقني للغاية. داعبت خصلات شعره مرة أخرى، وهي تغمغم:
- اطمئن يا حبيبي.
أجبر نفسه على الابتسام في وجهها، قبل أن يغادر معملها محنقًا..
لقد خلقت له البديل..
خلقت من خلية واحدة من خلاياه كائنا كاملاً، سيكون السبب في إنقاذ حياته، وإنقاذ كبده التالفة..
هكذا يؤكد أنها عالمة عبقرية..
ولكنه ببغضها.
يبغضها كما لم يبغض مخلوقًا من قبل..
ربما لأنه اضطر لعام كامل أن يتظاهر بحبها..
أو لأنها تفوقه علمًا وذكاءً..
أو للسببين معًا..
المهم أنه يكرهها..
وفي أعماقه، قرر أن يفصلها من مؤسسته العلاجية، فور نجاح عملية انتقال الكبد..
سيفصلها بلا رحمة..

***

كانت لحظة رائعة في حياة (علياء)، تلك التي استيقظ فيها البديل..
كانت لحظة تحمل لها كل الفخر والظغر..
لحظة انتصارها..
وفي شغف شديد، راحت تتطلع إلى عيني البديل، اللتين هما نسخة طبق الأصل من عيني (أسامة)، وملأت بصرها بملامحه الوسيمة، التي تنطبق تمام الانطباق على ملامح حبيبها، قبل أن يغمغم البديل بصوت (أسامة):
- أين أنا؟
غمغمت وقلبها يختلج انفعالاً:
- مرحبًا بك في عالمنا.
تمتم في دهشة:
- عالمكم؟
حاول أن ينهض، إلا أن عضلاته كانت واهنة للغاية، فساعدته هي على النهوض، وهي تقول في حنان:
- سترهقك الحركة في البداية فحسب، وبعدها ستساعدك العقاقير، التي أحقنك بها، على أن تصبح طبيعيًا.
تطلع إلى وجهها لحظات، قبل أن يتمتم في إرهاق:
- إنني أذكرك.
هتفت في حماس:
- بالتأكيد، فأنت تحمل جزءًا من ذاكرته.
راح يتفرس في ملامحها لحظات، قبل أن يقول في حيرة:
- أنت طبيبة.. نعم.. واسمك (علياء).
هتفت في سعادة:
- هذا صحيح.. أكمل..
بدا وكأنه يعتصر ذهنه في عنف، وهو يقول:
- وأنا (أسامة).. نعم.. اسمي (أسامة).. (أسامة الدالي).. يا إلهي!!.. كم يؤلمني أن أتذكر..
قالت في حماس:
- لا تبذل جهدًا.. إنك تحمل الكثير من ذاكرة أصلك، وستستعيد تلك الذكريات الموروثة تلقائيًا.. فقط استرح، ولا تبذل جهدًا.
حدق في وجهها لحظة، ثم ارتسم شيء أشبه بالذعر في ملامحه، وهو يقول:
- لا.. أنا لست (أسامة).
توترت أعصابها، وهي تسأله في خفوت:
- من أنت إذن؟
أجابها في حزن:
- أنا بديل.. مجرد بديل له.
هتفت في دهشة:
- كيف عرفت؟
هز رأسه في حيرة، مغمغما:

- لست أدرى.. لقد عرفت بغتة، وكأنما كان هذا مختزنًا في بقعة ما من ذاكرتي.
تطلعت إليه في إشفاق، ثم ربتت على كتفه في حنان، قائلة:
- لا تجعل هذا يقلقك.
ارتفع من خلفها صوت يهتف في انبهار:
- هل استيقظ؟
أدارات عينيها إلى مصدر الصوت، وخيل إليها أنها تشاهد صورة في مرآة، للجالس أمامها، فقد كان (أسامة) وبديله متطابقين أشد التطابق، حتى أن البديل قد عقد حاجبيه، وراح يتطلع إلى (أسامة) في دهشة، في حين أجابت (علياء) في سعادة:
- نعم يا حبيبي.. لقد استيقظ، وهو يتحدث بلسانك، ويملك بعضًا من ذاكرتك، كما توقعنا.
اقترب (أسامة) من بديله، وراح الإثنان يتطلع بعضهما إلى البعض لحظات في صمت، قبل أن يغمغم (أسامة):
- مذهل.
ثم التفت إلى (علياء)، هاتفًا:
- إنه نسخة طبق الأصل مني.
أجابه البديل في خفوت:
- أنت أيضًا نسخة طبق الأصل مني.
حدق (أسامة) في وجه بديله لحظة، ثم لم يلبث أن أطلق ضحكة مجلجلة، وهو يهتف:
- رائع يا (علياء).. رائع.. إنني واثق الآن من الشفاء.. لقد تحدثت مع الدكتور (ماجد)، وهو مستعد لنقل كبد هذا البديل لي، فور انتهائك من..
قاطعه البديل فجأة، وهو يقول في حزم:
- لا..
التفت إليه (أسامة) في دهشة، وحدق في وجهه لحظة مستنكرًا، قبل أن يقول في حدة غاضبة:
- ماذا تعني بـ(لا)؟
أجابه البديل في صرامة:
- أعني أنك لن تحصل على كبدي أبدًا
ثم أضاف في لهجة كالفولاذ:
- أبدًا.

صراع..

انعقد حاجبا (أسامة) في شدة، وهو يتطلع إلى محامي مؤسسته، هاتفًا في غضب مستنكر:
- ماذا تعني بأنني لا أستطيع الحصول على كبده؟!.. إنه هو نفسه جزء مني، وملك لي.
هز المحامي رأسه نفيًا، وتطلع في دهشة لم تفارقه بعد، إلى ذلك البديل، الذي جلس في ركن حجرة مكتب (أسامة)، والصرامة والعناد يملآن ملامحه، وحوله حارسان من حرس المؤسسة، ثم قال:

- صحيح أنه جزء منك يا سيد (أسامة)، كما تؤكد الدكتورة (علياء)، وكما يؤكد ذلك التطابق المذهل بينكما، إلا أن وجوده في الحياة يمنحه كل حقوق الكائن البشري الحي.. بما في ذلك أنه ليس ملكًا لأحد.. وأنه الوحيد الذي يملك حق التبرع بأعضائه، ولا يمكن إجباره على هذا.
صاح (أسامة) محنقًا:
- ولكننا خلقناه من أجل هذا.
قال المحامي:
- هذا لا يمنحك الحق في استخدام جسده كما تشاء.. فهذا الأمر، على غرابته، يشبه إنجابك لطفل ما.. إنك تنجبه بنفسك، وتمنحه جزءًا من ذاتك، وعلى الرغم من هذا فأنت لا تملك حق انتزاع عضو من أعضائه.
بدا الغضب على وجه (أسامة)، وهو يقول:
- كان ينبغي أن أعلم ذلك منذ البداية، بدلاً من أن أنتظر عامًا كاملاً، وأنفق ما يزيد على العشرين مليونًا من الجنيهات.
هز المحامي رأسه مرة أخرى، وغمغم:
- معذرة يا سيد (أسامة)، ولكن حتى هذا لا يمنحك حق استغلال جسد بديلك.
لوح (أسامة) بذراعيه في سخط، هاتفًا:
- اللعنة!
ثم التفت إلى بديله، قائلًا في حدة:
- اسمع يا هذا.. إنني سأحصل على كبدك، سواء شئت أم أبيت.
قال البديل في حزم:
- لن تحصل عليه بالقوة أبدًا.
انتزع (أسامة) دفتر شيكاته من مكتبه في حدة، وهو يقول:
- سأشتريه إذن.. كم تطلب مقابلاً له.
أجابه في صرامة:
- قلبك.
احتقن وجه (أسامة) وهو يهتف:
- أيها اللعين.. إنك ستعطيني كبدك، لأنني أحتاج إليه لأحيًا.
هتف البديل:
- ولم لا أحيا أنا؟
- لأنني تسببت في وجودك.
- هذا لا يمنحك الحق في قتلي.
- ولكنني تسببت في وجودك من أجل كبدك.
- وأنا لن أمنحك حياتي.
التفت (أسامة) إلى (علياء)، صائحًا في حنق:
- أرأيت ما الذي فعلته تجاربك العلمية السخيفة؟!.. كان يمكنني أن أحصل على كبده، وهو غارق في غيبوبته، ولكنك أصررت على إيقاظه، حتى نتصارع معًا هكذا.
غمغمت في توتر وألم:
- لم أدر أن هذا سيحدث.

هتف به البديل في صرامة:

- لا تتحدث إليها هكذا.. إنها سيدة رائعة.

صرخ فيه (أسامة):

- اخرس أنت.

ثم التفت إلى (علياء)، مستطردًا في حدة:

- اخلقي بديلاً آخر.. إنني أحتاج إلى كبد.

تدخل طبيبه المعالج، قائلًا:

- ولكن هذا غير صالح عمليًا يا سيد (أسامة)، فكبدك لن يحتمل عاما آخر، بواسطة الكبد الصناعية، فلقد ساءت حالتها جدًا.

احتقن وجه (أسامة) في شدة، والتفت إلى بديله، قائلًا في حدة:

- إذن فلم تعد هناك وسيلة سواك.

قال البديل في حزم:

- وأنا أرفض التضحية بحياتي من أجلك.

صرخ فيه (أسامة):

- من تظن نفسك؟.. إنك مجرد بديل.. لا شيء.. إنك..

بتر عبارته بغتة، واتسعت عيناه، وكأنما قد انتبه إلى أمر غاب عنه طويلاً، وهو يهتف:

- هذا صحيح.. إنك لا شيء.

غمغمت (علياء) في حيرة:

- ماذا تعني؟

لوح بذراعيه في قوة، وهو يهتف:

- كيف لم ننتبه إلى ذلك.. إنه فعلا لا شيء.. إنه حتى لم يولد – قانونيًا – وليس له وجود.. أي أن قتله لا يمثل جريمة ما.. فالمرء لا يعاقب لقتله شيئًا غير موجود.

عقد مستشاره القانوني حاجبيه، وهو يقول في توتر:

- ماذا تعني؟

هتف به في انفعال:

- أعني أن هذا الشيء لا وجود له رسميًا، وسأستغل هذا لانتزاع كبده من بطنه، على الرغم منه.

انعقد حاجبا البديل في شدة، في حين هتف المستشار القانوني:

- ولكنها جريمة قتل.

صرخ (أسامة)، وقد فقد السيطرة على أعصابه تمامًا:

- فليكن.. سأحصل على كبد ذلك البديل.. مهما كان الثمن.. لقد احتملت كثيرًا، لأحصل عليه.. إنني لن أنفق عشرين مليونًا من الجنيهات مقابل لا شيء.. يكفي أنني احتملت حب تلك المأفونة طيلة عام كامل.

شحب وجه (علياء) في شدة، وهي تقول في ارتياع:

- (أسامة).. ماذا تقول؟

التفت إليها صارخًا:

- أقول أنك بغيضة.. أبغض امرأة رأيتها في حياتي كلها.. وإنني قد احتملت سخافاتك طوال عام كامل، من أجل هذه الكبد..

هتفت منهارة:

- إذن فأنت لم تحبني أبدًا!!

أطلق ضحكة عصبية، وهو يهتف:

- أحبك؟!.. وهل صدقت أن يحبك مخلوق أيتها الملعونة؟!.. إنك أسخف امرأة في الوجود.. إنك..

صرخت بيه:

- كفى.. كفى..

وفجأة هب البديل واقفًا، وهو يهتف:

- نعم.. كفى.

وبغته، هوى بقبضته على فك أحد الحارسين، المحيطين بيه، وهوى بقبضته الأخرى على معدة الآخر، ثم اندفع نحو الباب، فصاح (أسامة):

- لا تسمحوا له بالفرار.. اقبضوا عليه.

ولكنه نجح في فتح الباب، وانطلق يعدو بأقصى ما يملك من قوة.. وانطلق حراس الأكاديمية كلهم خلفه..

وأطلق أحدهم عليه رصاصتان، فصرخ (أسامة):

- لا.. لا تقتلوه..

كانت الدهشة تملأ نفوس الحراس حقًا، وهم يشاهدون نسختين متطابقتين تمام التطابق من رئيسهم.. إحداهما تأمر بالإمساك بالأخرى..

وراح البديل يعدو نحو جراج سيارات الأكاديمية، وذاكرته التي ورثها عن (أسامة) ترشده إلى هدفه، وهو يلهث في ألم، من جرح أصاب ساقه.. وقفز داخل سيارة (أسامة) الخاصة، وأدار محركها، وانطلق بها.. فصرخ (أسامة)، وهو يراقبه من مكتبه في أعلى:

- أوقفوه..

وإثر النداء، لم يجد أحد الحراس أمامه سوى أن يصوب مسدسه إلى البديل.. وأن يطلق النار..

ورأى الجميع البديل ينثني في ألم.. فوق عجلة القيادة.. ثم يعتدل مرة أخرى، ويزيد من سرعة سيارته، حتى يحطم بوابة الأكاديمية، وينطلق مبتعدًا..

وصرخ (أسامة) في بأس:

- لقد هرب.. اللعنة!! لقد هرب.

في حين غمغم طبيبه الخاص ذاهلاً:

- كيف أمكنه أن يقود السيارة؟

غمغمت (علياء) في مرارة:

- إنه يملك الكثير من ذاكرة (أسامة).

ثم أضافت في بغضاء:

- ذلك القذر.

تناهت الكلمة إلى مسامع (أسامة)، فالتفت إليها صارخًا:

- اخرجي من هنا.. لا أريد رؤية وجهك مرة أخرى.. اخرجي.

غادرت الحجرة، وهي ترميه بنظرة كراهية عنيفة، فمال نحوه طبيبه، قائلًا:

- لا ينبغي أن تعاديها هكذا، فلربما..

صرخ فيه مقاطعاً:

ـ فلتذهب إلى الجحيم.. لقد احتملتها طويلاً..

ثم التفت إلى رئيس حراسه، قائلًا:

ـ أطلق كل رجالك خلف ذلك البديل يا رجل.. أريده مهما كان الثمن.. هل تفهمني؟

وبرقت عيناه في وحشية، وهو يكرر:

ـ مهما كان الثمن..

***

الثمن..

كان الليل قد انتصف تقريبا، و(أسامة) ما زال يجلس في مكتبه، في الطابق العلوي من أكاديميته الطبية الحديثة، والحنق لم يفارقه بعد..

كان مستعدًا لدفع نصف عمره، مقابل استعادة ذلك البديل..

كان هذا هو أمله الوحيد في الحياة..

وفي استبدال كبده المريضة..

وبينما استغرقته الأفكار، سمع طرقات هادئة على باب حجرته، فقال في حدة:

ـ ادخل.

أدهشه كثيرًا أن يرى (علياء)، وهي تدلف إلى حجرته، فغمغم في قسوة:

ـ ماذا تريدين؟

تقدمت نحوه في صمت، وجلست على المقعد لمكتبه، فردد في غلظ:

ـ سألتك ماذا تريدين؟

ازدردت لعابها، وهي تقول:

ـ أريد معاونتك.

أدهشته كلمتها، فقال:

ـ معاونتي؟!.. أنت؟

قالت في حزم:

ـ نعم.. أنا الوحيدة التي تملك معاونتك الآن.

صاح فيها محنقًا:

ـ خطأ.. حتى ذلك التزاوج اللاجنسي لم يعد صالحًا لإنقاذي.. هل سمعت ما قاله طبيبي؟.. إن كبدي لن تحتمل عامًا آخر هكذا، حتى يمكنك إنتاج بديل ثان.

قالت في حدة:

ـ ومن قال إنني سأنتج بديلاً كاملاً؟

ثم خفت صوتها، وهي تستطرد:

ـ إنني استطيع أن أنتج لك كبدًا سليمة.

حدق فيها في دهشة، وهتف في انفعال:

- حقًا ؟

أومأت برأسها إيجابا، وهي تقول:

- نعم.. ولن يستغرق هذا أكثر من شهر.

هتف في دهشة:

- ولماذا لم تلجئي إلى ذلك منذ البداية؟

قالت في هدوء:

- لم يكن ذلك التطور قد أدخل على علم التزاوج اللا جنسي بعد عندما بدأت تجربتي السابقة، لأنتج لك البديل الكامل.

تهللت أساريره لحظة، ثم لم يلبث أن شعر بشك عنيف يعصف به، فسألها في حذر:

- ولكن لماذا تفعلين هذا؟

وهتف مستدركًا:

- لا تقولي إن الحب هو السبب.

هزت رأسها نفيًا، وهي تقول في ازدراء:

- ليس الحب بالطبع، فأنت رجل لا قلب له، ولن تحب أبدًا.

ثم أضافت في حزم:

- إنه المال.

تراجع في مقعده، وشبك أصابع كفيه أمام وجهه، وهو يقول:

- المال؟!.. نعم.. إنني أفهم هذه اللغة.. كم تريدين؟

أجابته في برود:

- عشرة ملايين.. بخلاف التكلفة الفعلية.

عقد حاجبيه في غضب، وهو يقول:

- أيتها الجشعة.

ثم أضاف:

- حسنا.. سأدفع لك ما تريدين.

قالت في غموض:

- سنوقع عقدًا بذلك.

قال في حدة:

- فليكن.

فتحت حقيبتها الصغيرة، وأخرجت قلما مذهبًا، وابتسمت ابتسامة كبيرة، وهي تقول:

- ها هو ذا توقيعي.

وفجأة، قفزت من سن قلمها ذرة صغيرة، التصقت بعنقه، فهتف في ألم:

- ما هذا؟

رأى عينيها تبرقان على نحو أرعبه، وهي تقول:

- لا تقلق.. سيزول الألم في سرعة، فهذا مجرد مخدر.

دارت به الدنيا، وحاول أن يتشبث بحافة مكتبه، وهو يغمغم:

- مخدر.. لماذا؟!

قالت في غموض:

- بسبب الحب هذه المرة يا (أسامة).. الحب الذي تجهله.
غمغم في دهشة:
- الحب؟!
ثم أظلمت الدنيا كلها في وجهه، وسقط فاقد الوعي..
***
عندما استعاد (أسامة) وعيه، حدث هذا في سرعة، وبدت له المشاهد من حوله مهتزة لحظات، ثم لم تلبث أن اعتدلت ليميز مصباحًا ضخمًا فوق رأسه، و(علياء) في زي الجراحة، ترتدي قفازيها الجراحيين، وتعد المساعد الطبي الإليكتروني، فغمغم في توتر:
- أين أنا؟
التفتت إليه (علياء) في هدوء، وقالت وهي تكمل ارتداء قفازها الطبي:
- أنت هنا يا (أسامة)، في غرفة جراحات القلب. غمغم في قلق:
- وماذا أفعل هنا؟
أشارت إلى المنضدة الجراحية المجاورة، وهي تقول:
- إنه يحتاج إليك.
حاول أن يستدير بجسده كله إلى حيث تشير، إلا أنه كشف كونه مقيدًا إلى مائدة الجراحة في إحكام، فأدار عينيه إلى حيث أشارت.. وأدهشه أن يري بديله ممددًا على منضدة الجراحة المجاورة، وقد راح في نوم صناعي عميق، فقال:
- بديلك هذا يختلف عنك كثيراً يا (أسامة).. إنه شهم.. وهو يحبني.. يحبني بحق.. أتعلم أين ذهب بعد أن فر منكم؟.. لقد ذهب إلى شقتي مباشرة.. كان هناك جزء من ذاكرتك في عقله، أنبأه بموضع شقتي.. وهناك علمت أنه يحبني حبًا لم أحلم به من قبل..
وصمتت لحظة، ثم قالت:
- ويحتاج إلي.
ثم أمسكت محقنًا، وكشفت ذراع (أسامة)، ودست إبرة المحقن في عروقه، ودفعت في العروق سائلاً كثيفًا، فهتف (أسامة):
- ما هذا؟.. ماذا ستفعلين بي؟
أجابته في برود:
- إنه مخدر طويل المفعول.
هتف في ذعر:
- لماذا؟!
أشارت مرة أخرى إلى المنضدة المجاورة، حيث يرقد البديل، وأجابت:
- لقد أصابه رجالك في قلبه، وهو يحتضر.. والوسيلة الوحيدة لإنقاذه هي عملية نقل قلب سليم إليه، بدلاً من قلبه التالف، وأنت تعلم فصيلة دمكما النادرة، وإمكانية أن أقوم بالعملية وحدي، بمساعدة المعاون الإليكتروني. أدرك (أسامة) ما تعنيه، وصرخ:
- لا.. ليس قلبي.. أريد أن أحيا.. من أجل الأكاديمية.
أجابته في صرامة:
- إنك لا تستخدم قلبك أبدًا يا(أسامة)، ولا حاجة لك به، وليطمئن قلبك بشأن الأكاديمية، فأنت وهو متطابقان تمامًا.. وسيحمل اسمك وقلبك، بالإضافة إلى كبد سليمة، وسيحصل على الأكاديمية أيضًا..

صرخ متوسلاً:

ـ لا يا(علياء).. أرجوك.

قالت في صرامة:

ـ إنه يحبني يا (أسامة)، وليس لدى بديل.

راح يصرخ متوسلًا، ومتضرعًا، ولكن المخدر القوى تسلل إلى رأسه في سرعة، فتراخت أطرافه، وفقد وعيه، وهو يعلم أنه لن يستيقظ من غيبوبته هذه المرة.. لن يستيقظ أبدًا..

المندوب

الحلم..

ظلام دامس أحاط بكل شئ..
ظلام رهيب مخيف..
بلا ضوء..
بلا نجوم..
وصمت تام..
ومن بعيد لاحظت نقطة ضوء تقترب..
وراح حجم نقطة الضوء يكبر.. ويكبر..
وهي تقترب.. وتقترب..
وبدت واضحة على هيئة جسم اسطواني انسيابي، يعبر الظلام في صمت، قبل أن يستقر وسطه ساكنًا.
وهبط من ذلك الجسم الاسطواني مخلوق شبه بشري لا يختلف عن البشر إلا في لون جسده الأخضر الباهت، وعينيه الحمراوين، ورأسه الأصلع..
وهبط إلى جواره مخلوق آخر..
مخلوق بشري..
إنه هو..
(عزت)..
نعم.. هو.. هو
هب (عزت) من نومه جزعًا، عند تلك النقطة بالذات، وتلاشى حلمه دفعة واحدة، وراح هو يتطلع في توتر إلى حجرته الأنيقة البسيطة الأثاث، قبل أن يزفر في شدة، ويدس أصابعه وسط خصلات شعره الأسود الناعم، وهو يقول في ضيق:
- يا إلهي!.. الكابوس نفسه.
نهض من فراشه، والتقط علبه سجائره، وأشعل سيجاره، راح ينفث دخانها في عمق، وهو يقف أمام نافذة حجرته، متطلعًا إلى السماء ذات النجوم، التي بدت – في تلك الليلة – في أبهى صورها، مع غياب القمر، وخلو السماء من الغيوم، مما ساعد على تألق النجوم في لوحة رائعة..
ومضت لحظات و(عزت) يتطلع إلى النجوم في صمت، قبل أن يهز رأسه، متمتمًا:
- يا له من حلم!
قالها وألقى سيجارته إلى طرف الحجرة في حنق، ثم لم يلبث أن أسرع إليها، وداسها بقدمه، وزفر مرة أخرى، قبل أن يلقي نظرة على ساعته، التي أشارت عقاربها إلى الرابعة صباحًا، فابتسم في ضيق، وهو يقول:
- لست أظنني سأنعم بالنوم الآن، فموعدي مع ذلك العالم في السابعة والنصف.

اتجه إلى مطبخ منزله الصغير، وراح يعد لنفسه قدحًا من القهوة، وقد نسى كل شئ تقريبًا عن هذا الحلم العجيب..

كان يعيش في هذا المنزل الصغير وحده منذ عشر سنوات..

منذ وفاة والديه..

ومنذ بدأ دراسته للصحافة..

واليوم يعمل في صحيفة يومية ذات صيت ذائع، وقد بدأ اسمه يلمع في عالم الصحافة العلمية، بعد تحقيقه الأخير عن آثار الأطباق الطائرة في صعيد (مصر)..

ابتسم وهو يتذكر ذلك التحقيق، الذي نجح في أن يجعل منه قنبلة الصحافة العلمية في حينه، وأن يدفع رئيس التحرير إلى تعيينه في تلك الصحيفة اليومية بلا تردد، بعد ثلاثة أعوام قضاها كصحفي تحت التمرين..

واليوم سيحصل على سبق صحفي جديد..

سيكون أول من ينجح في الحصول على حديث علمي متكامل، مع الدكتور (يحيى مختار)، حول ابتكاره الجديد، عن الجاذبية المضادة.

وانتعشت نفسه مع قدح القهوة، ونشوة ذلك النصر الصحفي المرتقب، حتى أنه راح يرتدي ثيابه في مرح، مطلقًا من بين شفتيه صفيرًا منغومًا، ثم راح يراجع بعض المعلومات الخاصة بالجاذبية الأرضية، والأبحاث المتعلقة بالجاذبية المضادة، حتى بلغت الساعة تمام السابعة، فهبط يستقل سيارته، وينطلق بها إلى المركز القومي للبحوث، حيث ينتظره الدكتور (يحيى)..

ولقد استقبله الدكتور (يحيى) بابتسامة واسعة، ومصافحة حارة، وهو يقول:

ـ في موعدك تمامًا يا أستاذ (عزت).. هذا عظيم، إنني أحب كثيرًا التعامل مع من يحرصون على الالتزام بمواعيدهم، فهذا يعني دومًا أنهم أهل للثقة.

ابتسم (عزت)، وهو يقول:

ـ شكرًا لك يا سيدي.

استطرد الدكتور (يحيى) على الفور، وكأنما يرفض إضاعة لحظة واحدة:

ابتكاري الجديد سيمثل طفرة في أبحاث الجاذبية المضادة يا أستاذ (عزت)، ولست أشك في أنهم سيمنحونني جائزة (نوبل) من أجله.. فأنت تعلم بالطبع أن الجاذبية الأرضية هي الشئ، أو القوة، التي تجذب كل المخلوقات والأشياء إلى سطح كوكبنا (الأرضي).. أما الجاذبية المضادة فهي تلك القوة العكسية، التي تدفعنا دفعًا، بعيدًا عن سطح الأرض، ولقد ظلت هذه القوة العكسية، التي أطلق عليها العلماء أسم (الجاذبية المضادة)، حلمًا منذ أوائل القرن العشرين.. مما تمثله من قوة دافعة مذهلة، لكل الأجرام التي نرغب في دفعها إلى خارج مجالنا الجوي، بحيث يمكنها وحدها، ودون وقود، دفع أي صاروخ إلى خارج مجال الأرض، بسرعة مذهلة، وقوة دفع كافية لمنحه ملايين الأميال من الانطلاق في الفراغ الفضائي، مما يوفر مليارات الجنيهات في أبحاث الفضاء، و...

بتر حديثه دفعه واحدة، ثم مال نحو (عزت) يسأله في قلق:

ـ هل يمكنك فهم ما أقوله؟

أومأ (عزت) برأسه في هدوء، وقال:

ـ بالتأكيد.

تراجع الدكتور (يحيى)، مغمغمًا:

ـ عظيم.

ثم اندفع يتابع حديثه السابق:

- ولقد أجرى العلماء مئات الأبحاث، منذ الحرب العالمية الأولى، كمحاولة للتوصل إلى تلك الجاذبية المضادة، وخاصة بعد أن كتب (هـ. ج. ويلز) كاتب الخيال العلمي الشهير، روايته الأشهر (أول بشر على القمر)، التي اعتمد فيها على الجاذبية المضادة، لقذف كرة فضائية براكبيها إلى القمر، ولكن أبحاث كل هؤلاء العلماء لم تنجح في دفع الفكرة إلى الأمام كثيرًا، حتى توصلت أنا إلى هذه المعادلة.

واعتدل في زهو واضح، وأمسك قلمًا يخط به معادلة رياضية شديدة التعقيد على ورقة أمامه، وتوقف قبل أن يتمها، قائلًا في حماس:

- أي عالم في علوم الجاذبية سيتوقف طويلًا أمام هذه المعادلة، قبل أن يضيف إليها..

قاطعه (عزت) في هدوء، وبلهجة أقرب إلى الضجر:

- مكعب سرعة الضوء مضروبًا في الجذر التربيعي لعجلة الجاذبية الأرضية.

حدق الدكتور (يحيى) في وجهه بذهول تام، قبل أن يتمتم:

- كيف عرفت؟

بدا السؤال بالنسبة لـ(عزت) عجيبًا، فتردد لحظة، قبل أن يقول:

- أنسيت أنني محرر علمي، وأنني أجمع عادة الكثير من المعلومات عن...؟

قاطعه الدكتور (يحيى) في حدة:

- مستحيل!!

حدق (عزت) في وجهه هذه المرة، قبل أن يغمغم:

- لماذا؟.. إنها مجرد..

ضرب الدكتور (يحيى) سطح مكتبه براحته في قوة، وهو يكرر:

- قلت لك مستحيل!

ثم أشار إلى المعادلة بأصابع مرتجفة من شدة الأنفعال، وهو يستطرد في حدة:

- هذه المعادلة بالذات لا يمكنك إكمالها أبدًا؛ لأن أحدًا لم يستخدم مكعب سرعة الضوء من قبل أبدًا؛ ولأن...

صمت لحظة، ليزدرد لعابه من شدة الأنفعال، قبل أن يستطرد وجسده كله يرتجف:

- ولأن هذه المعادلة هي ابتكاري الجديد، ومن المستحيل أن يعلمها سواي؛ لأنني حتى لم أدونها في أية أوراق، ولا يمكنك أن تحصل عليها من عقلي، ما لم...

بتر عبارته بغتة، وتراجع في مقعده، وهو يعقد حاجبيه، ويقول في حدة:

- ما لم تكن قارئًا للأفكار...

ولم ينبس (عزت) ببنت شفة..

ولكن ذلك التفسير بدا له مخيفًا..

مخيفًا بحق..

❀ ❀ ❀

حيرة..

"(عزت).. إنني أتحدث إليك!.."

انتفض جسد (عزت)، عندما بلغت هذه العبارة مسامعه، وأدار عينيه إلى صاحبتها في دهشة عجيبة، وهو يغمغم في توتر:

- عفوًا.. ماذا قلت؟

ابتسمت زميلته الصحفية (رانيا)، وجلست على المقعد المجاور له، وهي تقول:

- لقد كنت أتحدث إليك فحسب، ولكن يبدو أن ذهنك كان شاردًا في مكان بعيد.

تنهد وهو يقول:

- إنني لم أنم جيدًا هذه الليلة.

ضحكت وهي تقول:

- دعك من هذا التفسير؛ فالجميع يعلمون هنا أنك رجل اللانوم، وأنك من تلك الفئة النادرة، التي يمكنها أن تقضي أسبوعًا كاملاً بلا نوم، عندما يرتفع رنين ناقوس العمل.

ابتسم ابتسامة باهتة، وهو يقول:

- ربما كان هذا هو السبب، فناقوس العمل معطل منذ أيام.

لم تبتسم لدعابته، وإنما مالت نحوه، وسألته في حنان:

- ماذا بك حقًا؟.. إنك تبدو شديد القلق!

لاذ الصمت لحظات، وتساءل بينه وبين نفسه عما إذا كان من الحكمة أن يقص عليها ما حدث، وبدا له أن قوة كبيرة تدفعه لإخفاء الأمر، إلا أنه قاومها وهو يقول لـ(رانيا):

- أنت على حق.. هناك أمر يقلقني في شدة.

سألته في اهتمام:

- ما هو؟

تردد لحظة أخرى، ثم اندفع يروي لها ما حدث مع العالم (يحيى مختار) بكل تفاصيله، منذ راوده ذلك الحلم العجيب، وحتى مغادرته المركز القومي للبحوث، ولم يكد ينتهي من قصته، حتى هتفت هي في حماس:

- أمر عجيب حقًا!!..

لوح بكفه، قائلًا:

- إنني أتساءل: كيف أمكنني إكمال معادلة لا توجد إلا في ذهن صاحبها.

قالت في حماس:

- ربما كنت تمتلك موهبة قراءة الأفكار حقًا.

تطلع إليها لحظات في حيرة، ثم هز رأسه، متمتمًا:

- لا.. لست أظن هذا.

سألته:

- لماذا؟

قال في حسم:

- لأن شيئًا من هذا لم يحدث لي من قبل.

قالت في اهتمام:

- لعل هذه هي البداية.

ابتسم ابتسامة باهتة، وقال:

- لا.. لا يبدو لي تفسير قراءة الأفكار هذا منطقيًا.
هتف زميلهما (عاطف)، في هذه اللحظة، في مرح:
- من يتحدث عن قراءة الأفكار؟
وجذب مقعدًا لينضم إليهما، وهو يتابع ضاحكًا:
- سيصير هذا تخصصي عما قريب.
سألته (رانيا) مبتسمة في حيرة:
- تخصصك؟.. ماذا تعني؟
أجابها وهو يغالب ضحكة:
- لقد كلفني رئيس القسم إجراء حديث خاص مع (كريمة عز النجوم).
ولسبب ما، بدا الاسم مألوفًا لأذني (عزت)، مما جعله يسأله:
- من (كريمة) هذه؟
ضحك (عاطف)، وهو يقول:
- ألم تسمع عن (كريمة عز النجوم)؟.. يا لك من متخلف!! (كريمة) هذه يا رجل هي أكثر الدجالات شهرة في (مصر).
تمتمت (رانيا) في دهشة:
- دجالة؟!
أومأ (عاطف) برأسه إيجابًا، وتابع في مرح:
- إنها عجوز تقيم بالقرب من مدينة (بنها)، في منزل منعزل، وسط حدائق برتقال تملكها هي، ويقولون إنها تمتلك قدرات خرافية، فهي تستطيع شفاء بعض أنواع الحمى، ويمكنها رفع منضدة كاملة دون أن تمسها، وتقرأ الأفكار والطالع، و...
قاطعته (رانيا) مستنكرة:
- ولماذا لم يلق رجال الشرطة القبض عليه؟
قلب (عاطف) كفيه، قائلًا:
- لأنها لا تتقاضى أية نقود من زبائنها، ولأنها لا تدعو مخلوقًا لزيارتها، مما ينفي عنها تهمتي النصب أو الاحتيال.
عقد (عزت) حاجبيه، وهو يتمتم:
- ربما يعني هذا أنها تمتلك هذه القدرات بحق.
أطلق (عاطف) ضحكة عالية مجلجلة، ونهض قائلًا:
- في هذه الحالة يمكنني أنا أيضًا أن أدعي كوني الرجل الطائر.
غمغم (عزت):
- متخلف.
قهقه (عاطف) ضاحكًا مرة أخرى، وهو يلوح بيده، قائلًا:
- فلنؤجل هذا الحديث إلى الغد، بعد أن أكشف أمر هذه الدجالة.
وانصرف وضحكاته تتبعه، فالتفتت (رانيا) إلى (عزت)، تسأله:
- ما رأيك في هذا الأمر؟
هز (عزت) كتفيه، قائلًا:

- من الصعب إبداء الرأي، في مثل هذه الأمور، فلقد امتلأت الساحة بآلاف الدجالين، حتى بات من العسير تعرف من يمتلك موهبة فوق طبيعية حقيقية.. ثم أن المصريين لا يؤمنون كثيرًا بوجود القوى فوق النفسية، على الرغم من تهافتهم على أولئك الدجالين.

سألته في شغف:

- وماذا عن قدرتك أنت؟

ابتسم قائلًا:

- هل جعلت منها قدرة خارقة؟

أتاه صوت الدكتور (يحيى) يقول في انفعال:

- من يدري؟

رفع مع (رانيا) عيونهما إلى مصدر الصوت، حيث بدا لهما الدكتور (يحيى) بقامته الطويلة، مع رجل أصلع قصير القامة، راح يحدق (عزت) في اهتمام، في حين صافحه (يحيى)، وهو يشير إلى الأصلع، قائلًا:

- زميلي الدكتور (ماركو)، من المهتمين بدراسة القوى فوق النفسية، وفوق الطبيعية.

صافح (عزت) الدكتور (ماركو)، الذي قال وهو يتأمله في اهتمام:

- أنت إذن قارئ الأفكار؟

قال (عزت) في حيرة:

- يبدو أنها مجرد مصادفة يا سيدي.

قالت (رانيا) في حماس:

- من يدري؟

جلس الدكتور (ماركو)، وهو يتطلع إلى ملامح (عزت) في اهتمام زائد، ويسأله في هدوء:

- ولماذا ترفض الفكرة؟

أجابه (عزت) في حزم:

- لأنه ليست لي سوابق في هذا المجال.

ابتسم الدكتور (ماركو)، وهو يقول:

- سوابق؟!.. وهل تتصور أن أحدًا يولد، وهو يعلم أنه يمتلك قدرات عقلية خارقة؟!.. على العكس.. إن أشهر أصحاب تلك القدرات الخارقة كشفوا قوتهم بالمصادفة البحتة، ومن خلال حادث عادي، أو موقف صغير، مثلما فعلت أنت مع الدكتور (يحيى).

قال (عزت) في ضيق:

- وبم يفيد هذا؟

أجابه الدكتور (ماركو) في حماس:

- يفيد الكثير.. صدقني.. ليس من الحكمة أن تبخل بموهبتك هذه على العلم.

عقد (عزت) حاجبيه، وهو يقول في حدة:

- ماذا تعني؟

أجابه في حماس:

- أعني أنه من الضروري أن يتم دراسة الظاهرة، وأن...

قاطعه (عزت) في حدة:

- لا.

كان صوته مرتفعًا أكثر مما ينبغي، مما جذب انتباه باقي زملائه في القسم، فعاد يخفض من صوته، مستطردًا في عصبية:

- لن أسمح لكم أن تتعاملوا معي كحيوان تجارب.

رفع الدكتور (ماركو) حاجبيه في دهشة، وهو يهتف مستنكرًا:

- حيوان تجارب؟!

أما الدكتور (يحيى)، فقد أسرع يقول:

- اسمع يا أستاذ (عزت)، لن يكون الأمر أبدًا كما تتصور.. إنك ستؤدي خدمة للعلم، وللعالم أجمع.. ثم إنك ستصبح المصري المعروف علميًا في هذا المجال، و...

قاطعته (رانيا) في حماس:

- ولم لا؟

أدار (عزت) عينيه إليها مستنكرًا، ولكنها أضافت بنفس الحماس:

- سيعاونك هذا على كشف قدرات لم تتصور وجودها في نفسك يا (عزت)، وسيمنحك فرصة إعداد تحقيق صحفي علمي جديد.

بدا له رأيها منطقيًا مقنعًا، ولكن شيئًا ما في نفسه كان يقاوم في شدة فكرة الفحص هذه، فراح يقاوم ذلك الشئ بعقله، وهو يغمغم في تخاذل:

- ولكن قد...

شعر الدكتور (ماركو) بتخاذله، فأسرع يقول:

- يمكننا أن نبدأ تجاربنا على الفور.

هتفت (رانيا):

- فكرة رائعة.

قال (عزت) في حدة:

- لا.. ليس اليوم.

نهضت (رانيا) قائلة:

- ولم لا؟.. هيا بنا.. ستكون تجربة رائعة.

راح ذلك الجزء الرافض من عقله يعتصره في شدة، محاولًا منعه من الاستسلام لذلك الفحص، إلا أن فضوله الشديد جعله يقاوم.. ويقاوم، حتى نهض قائلًا في حزم:

- فليكن.. هيا بنا.

وبدأت التجربة.

✿✿✿

التجربة..

انعقد حاجبا الدكتور (ماركو) في شدة، وهو يتطلع إلى رسام القلب الكهربي، هاتفًا:

- مستحيل!!.. خمسمائة دقة في الدقيقة الواحدة.. هذا مستحيل حقًا!!.. إن قلب هذا الصحفي ينبض بقوة خرافية!!

سألته (رانيا) في انفعال جارف:

- لماذا؟.. كم يبلغ النبض في الشخص العادي؟

هز رأسه في حيرة بالغة، وهو يقول:

- إنه لا يتجاوز المائة دقة في الأحوال العادية، أو المائة والعشرين على الأكثر.

هتفت:

- يا إلهي!!

وبدا الدكتور (يحيى) أكثر انفعالًا منهما، وهو يقول:

- كنت أعلم هذا.. كنت أعلم أنه من المحتم أن يمتلك (عزت) قوة عقلية خارقة، وإلا ما نجح أبدًا في معرفة المعادلة.

أشار (ماركو) إلى رسام المخ الكهربي، وهو يقول في حماس:

- هذه المؤشرات تؤكد أنه لا يمتلك قوة عقلية خارقة فحسب، بل قوة جسمانية خارقة كذلك.. لقد رأيتما نبضات قلبه الرهيبة، وتلك الإشارات المخية الفائقة، التي لا تصدر عن الشخص العادي، إلا في مواجهة أشق وأخطر الأزمات.. إنها تصدر عن مخه هو في حالة استرخاء تام.

سأله (يحيى) في حيرة:

- ولكن لماذا فشل في كل التجارب الأخرى.. إنه لم ينجح في تخمين رقم أو لون ورقة واحدة من أوراق اللعب، ولم ينجح حتى في تحريك إبرة صغيرة بقواه العقلية الفائقة.

هز (ماركو) رأسه وقال:

- ربما لم يثق بعد في قدرته على أداء هذا.

سألته (رانيا) في فضول:

- هل الثقة ضرورية إلى هذا الحد؟

أجابها في حسم:

- بالتأكيد،

قبل أن يدفعها الفضول إلى إلقاء سؤالها التالي، سمع الجميع (عزت) يقول في عصبية:

- كفى

قالها وهو ينتزع الأسلاك المتصلة بجسده ورأسه في ضيق، فهرع إليه (ماركو)، هاتفًا:

- لا.. أرجوك.. انتظر قليلًا.. إن أبحاثنا تكاد أن...

قاطعه (عزت) في حدة:

- قلت كفى.

راح يرتدي ملابسه في توتر ملحوظ، فتبادل الدكتور (ماركو) نظرة قلقة مع الدكتور (يحيى) قبل أن يقول الأخير:

- لا بأس يا أستاذ (عزت).. سنكمل التجربة غدًا.

انصرف (عزت) في خطوات واسعة سريعة، وراحت (رانيا) تعدو إلى جواره، وهي تقول في حماس لاهث:

- لقد تأكدنا على الأقل أنك تمتلك قوة خارقة.

قال في حدة:

- دعينا لا نتحدث عن هذا الأمر.

كان فضولها يشتعل في أعماقها في شدة، ولكن حبها لـ(عزت) جعلها تكتم كل لهفتها في صدرها، وتسأله:

ـ هل ستذهب إلى المنزل مباشرة؟

قال في توتر:

ـ ألديك هدف آخر؟

قالت محاولة تلطيف الموقف:

ـ لقد تركت حقيبتي في المكتب.

تطلع إليها في شك، فابتسمت مغمغمة:

ـ والواقع أنني في أشد اللهفة لمعرفة ما فعله (عاطف) مع (كريمة عز النجوم) هذه.

شاركها فضولها هذه المرة، وإن لم يعلن عن هذا، بل اكتفى بأن قاد سيارته إلى مبنى الصحيفة، حيث اندفعت (رانيا) داخل القسم، هاتفة:

ـ هل عاد (عاطف)؟

اتسعت عيناها وعينا (عزت) في دهشة، عندما وقع بصراهما على وجه (عاطف) الشاحب، وهو ينكمش خلف مكتبه، فهتف به (عزت):

ـ ماذا حدث؟

رفع إليه (عاطف) عينين زائغتين، وهو يقول:

ـ أمر رهيب.

أسرعت إليه (رانيا)، تسأله في لهفة:

ـ ماذا حدث؟ قل لي..

حدق في وجهها لحظة، ثم لوح بكفيه، قائلًا:

ـ لقد ذهبت إلى تلك العجوز.. كنت أتصور أنني بصدد كشف دجالة مشعوذة، إلا أنها أرعبتني، وبثت في نفسي كل عوامل الرهبة والفزع.

جلس (عزت) إلى جواره، يسأله في قلق:

ـ كيف فعلت ذلك؟

ازداد شحوب (عاطف)، وكأنما تعيد إليه الذكرى الكثير من الفزع، وأجاب:

ـ لقد تعرفتني فور رؤيتي، وأنبأتني باسمي، وسني، ومهنتي.. فلما أنكرت ذلك، أشارت بيدها إلى، فوجدت نفسي أرتفع عن الأرض.. ورحت أهتف بها، متوسلًا، ومعلنًا اعتذاري، فابتسمت، وأنزلتني أرضًا دون أن تلمسني، ثم طلبت مني ألا أكتب شيئًا عنها؛ لأنها ستذهب عما قريب.

ردد (عزت) في دهشة:

ـ تذهب؟!.. إلى أين؟

هز (عاطف) رأسه نفيًا في شحوب، وقال:

ـ من يدري؟.. إنها لم تخبرني.

تمتمت (رانيا) في خفوت، يحمل الكثير من الرهبة:

ـ ربما تعني أنها ستموت.

قال (عزت) في حزم:

ـ لا أحد في الكون كله يدعي معرفة ذلك.

ثم أشعل سيجارته في عصبية، مستطردًا:

- إنها تعني أمرًا آخر.

سألته في حيرة:

- وما هو في رأيك؟

شرد ببصره مع أنفاس سيجارته، وهو يردد:

- من يدري يا (رانيا)؟.. من يدري؟

ولكن ذلك الشئ الغامض، الكامن في عقله، كان يوحي بالعكس..

كان يبعث في نفسه شعورًا مبهمًا بأنه يعلم..

يعلم الكثير..

✿✿✿

اخترقت تلك البقعة الضوئية الظلام، وراحت تقترب وتقترب، حتى اتضح شكلها الأسطواني، وهي تهبط على الأرض..

وغادرها ذلك المخلوق شبه البشري، برأسه الأصلع، وبشرته الخضراء الباهتة، وعينيه الحمراوين، وهبط معه هذه المره مخلوق يشبهه..

وبلهجة وصوت ولغة عجيبة، قال المخلوق:

- هيا.. اذهب.

وفجأة تبدلت ملامح ذلك المخلوق الأخضر الثاني، والأول يكمل:

- اذهب يا (عزت).

صرخ (عزت):

- لا.. لا..

وهب من نومه فزعًا، وهو يلهث في شدة..

وبكل الذعر في أعماقه قفز من فراشه، واندفع نحو مرآة حجرته، واطمأن إلى أنه ما يزال يحمل ملامحه، فزفر في قوة، هاتفًا:

- حمدًا لله.

بحث عن علبه سجائره في عصبيه شديدة، والتقط منها سيجارة، أشعلها في حدة، ونفث دخانها في قوة، ثم نهض يتطلع إلى النجوم..

لماذا؟..

لماذا هذا الحلم البشع بالذات؟..

لماذا الآن؟..

السؤال الوحيد الذي يعرف جوابه هو : لماذا هذه الملامح؟..

إنها نفس الملامح التي وصفها رجال الصعيد له، في تحقيقه عن الأطباق الطائرة..

نفس البشرة الخضراء، والرأس الأصلع، والعيون الحمراء..

لقد وصف له بعضهم هذه الملامح بمنتهى الدقة، حتى أنه رسم لها صورة في ذاكرته وخياله..

وراح يحلم بها..

تنهد في عمق، وذهنه يقفز به إلى سؤال آخر..

كيف عرف بقية المعادلة؟

العجيب أنه، عندما نطق الجزء الباقي من المعادلة، كان يشعر أنها معادلة قديمة، يعرفها منذ زمن، ولم يتصور أبدًا أنها معادلة جديدة إلى هذا الحد..

ما الذي يعنيه كل هذا؟.

تطلع مرة أخرى إلى النجوم، وصرخت كل خلية من خلاياه هذه المرة..

ما الذي يعنيه كل هذا؟

ولكن النجوم بقيت على صمتها.

وما من جواب..

✿✿✿

الحقيقة..

"هل أنت مستعد للتجربة حقًا هذه المرة؟.."

ألقى عليه الدكتور (ماركو) هذا السؤال في اهتمام، وهو يتفرس في ملامحه بمنتهى الدقة، فأجابه (عزت) في حزم:

- نعم.. مستعد تمامًا.

انحنت (رانيا) على أذنه، تسأله في حنان:

- أأنت واثق يا (عزت)؟

أجابها بابتسامة شاحبة باهتة:

- نعم يا عزيزيتي.. واثق.

تراجعت وهي تتأملة في قلق، في حين وضع الدكتور (ماركو) أمامه دائرة حلزونية من معدن لامع، تحوي عدة ثقوب، مصنوعة بحيث تعبرها أضواء مصباح قوي خلفها، وقال الدكتور (ماركو):

- اليوم ستتعرض لنوع من التنويم المغناطيسي، بحيث يمكننا إزالة التوتر من نفسك، وحثك على استخدام قدراتك حتى أقصى حد.

تمتم (عزت):

- لابأس.. لابأس.

أشار الدكتور (ماركو) إلى (رانيا)، قائلًا:

- ابتعدي قليلًا.

ثم سأل (عزت) في انفعال:

- أمستعد أنت؟

أجابه (عزت) في خفوت:

- نعم.. مستعد.

ضغط الدكتور (ماركو) زرًا في طرف الدائرة، فراحت تدور بطء ورتابة، والضوء ينعكس من خلال ثقوبها على وجه (عزت)، والدكتور (ماركو) يقول في صوت خافت عميق:

- أنت الآن تشعر بنعاس شديد.. جفناك ثقيلان، و...

كانت (رانيا) تتابع هذا، لولا أن سمعت من خلفها صوتًا يقول في حنق واضح:

- هذا الشاب مخادع.
التفتت في دهشة إلى مصدر الصوت، وأدهشها أكثر أن صاحبه كان الدكتور (يحيى)، الذي تابع في حنق زائد:
- مخادع كبير.
سألته في مزيج من الدهشة والحيرة:
- لماذا يا دكتور (يحيى)؟.. لماذا تقول هذا؟
أجابها في توتر:
- لأن تاريخه كله زائف.. لست أدري ماذا يخفي.. ولكنه كذب في حياته كلها.. لقد بحثت عن أصله وحياته، ولكنني لم أجد مخلوقًا واحدًا عرف والديه، اللذين يدعى أنهما لقيا حتفهما منذ عشر سنوات.. لقد أقام في هذه الشقة وحده منذ البداية، وكل شهاداته زائفة، فيما عدا شهادة بكالوريس الإعلام، و...
قاطعه صوت الدكتور (ماركو)، وهو يقول في توتر:
- حاول.. حاول أن تستسلم.
سأله الدكتور (يحيى) في خشونة:
- ماذا حدث؟
أجابه الدكتور (ماركو) في حيرة:
- إنه لا يستجيب أبدًا.. لا يخضع للتنويم المغناطيسي.
عقد الدكتور (يحيى) حاجبيه، وهو يغمغم:
- مستحيل!!
وفي تلك اللحظة كانت الأضواء تتعاقب على وجه (عزت) في سرعة..
وكان عقله يعمل كالصاروخ..
نفس الحلم يعاوده الآن..
الاسطوانة الهابطة على الأرض..
الوجوه الخضراء الصلعاء..
العيون الحمراء..
عشرات الأسئلة تنطلق في ذهنه..
عشرات الأجوبة..
وهتف الدكتور (يحيى):
- ربما أنك..
أكمل صوت حازم عبارته:
- لم تستخدم السرعة المطلوبة.
حدق الجميع في وجه (عزت) في دهشة، وهتف (يحيى) في ذهول:
- كيف علمت أنني سأنطق هذه العبارة بالذات؟
نهض (عزت) في حزم، وهو يقول:
- عقلك أنبأني بهذا.
صاح (ماركو):
- إذن أنت تقرأ الأفكار!

لم يجب (عزت) هذه المرة.
فقط ألقى نظرة باردة على (ماركو) ثم اتجه إلى الخارج، فهتف (ماركو) في انفعال:
- انتظر.. التجربة لم تكتمل.
أدار (عزت) عينيه في هدوء إلى جهاز التنويم المغناطيسي، فارتفع الجهاز عن مكانه على نحو أثار ذهول الجميع، ثم ارتطم بالحائط، وسقط محطمًا وتبعثرت أجزاءه في جنبات الحجرة..
فالتصقت (رانيا) بالحائط، وهي تردد في ذهول يختلط بخوف مبهم:
- (عزت)؟!
أما (يحيى) و(ماركو)، فلم ينطق أيهما بحرف واحد، و(عزت) يغادر المكان في هدوء، إلى أن انتزعت (رانيا) نفسها من ذهولها، واندفعت خلف (عزت) وهي تهتف باسمه مرات عديدة.. ولحقت به وهو يهم بركوب سيارته، فهتفت:
- انتظرني يا (عزت).. إلى أين؟
تطلع إليها في هدوء، وقال:
- إليها.
هتفت:
- إلى من؟
قال في حزم:
- إلى (كريمة).
وقفت مكانها ذاهلة، وهي تردد:
- (كريمة)؟!
ورأته ينطلق بالسيارة مبتعدًا، فصرخت:
- لا يا (عزت).. انتظر.
كان هناك شعور قوي في أعماقها، يؤكد لها أنها لحظة الوداع..
وأنها لن تراه بعد ذلك أبدًا..
وحتى هو، كان يعلم ذلك..
لقد استيقظ عقله..
لقد أدرك الحقيقة كلها..
الآن فقط علم لماذا بدت له معادلة الجاذبية المضادة مألوفة..
لقد كان يعلمها من قبل
يعرفها كمعادلة قديمة بالنسبة إليه..
وبالنسبة إلى قومه..
وراح عقله يسترجع القصة كلها، وهو في طريقه إلى (بنها)..
وعندما عبر بوابة منزل (كريمة)، كان قد أدرك الحقيقة كلها..
وكان يشعر بحزن جارف عميق..
ودخل إلى منزل (كريمة)..
وإلى حجرتها..
ووقف صامتًا..
وابتسمت (كريمة) وهي تتطلع إليه، وقالت في هدوء:

ـ أخيرًا أتيت.

رأى ملامحها البشرية تهتز، كما لو أنها صورة منعكسة على سطح ماء متموج، ورأى البشرة الخضراء تبدو واضحة عليها، وشعرها يختفي، لتبدو من أسفله رأس أصلع، وعيناها تكتسيان بذلك اللون الأحمر..

وبحركة تلقائية، رفع أصابعه، ليمررها في شعره الأسود كالمعتاد، ولكن أصابعه لامست رأسًا أصلع..

وفي استسلام تام، أعاد أصابعه إلى جواره..

لقد تذكر كل شئ..

تذكر حقيقته..

أدرك أنه ليس بشريًا..

إنه مخلوق من كوكب آخر..

تمامًا مثل (كريمة)..

مجرد مندوب لدراسة مخلوقات الأرض، مثل آلاف المندوبين من بني قومه، الذين يجوبون قارات الأرض، ويحملون هويات زائفة، وملامح تشبه ملامح الأرضيين..

وفي استسلام، استمع إلى (كريمة)، وهي تقول:

ـ كنت أعلم أنك ستأتي.. صحيح أنك كنت تتصور نفسك مخلوقًا أرضيًا، وتحيا مثلهم، بعد أن وضع علماؤنا هذه الفكرة في رأسك.. وباستخدام قدرتنا الخاصة على التشكل بملامح مخلوقات أي وسط نتعايش معه، ولكنني كنت أعلم أنك ستسترد ذاكرتك.. فقد حانت اللحظة المناسبة، بعد أن انتهت فترة عملي على الأرض، وحانت لحظة عودتي إلى كوكبنا.

وزفرت في اشتياق، وهي تستطرد:

ـ كم أتوق للعودة إليه!!

واقتربت منه، ووضعت يدها على كتفه، وهي تتطلع إلى بشرته الخضراء، وعينيه الحمراوين، قائلة:

ـ منذ هذه اللحظة، أنت مندوبنا في (مصر).. حظًا سعيدًا أيها الزميل.

حملت كرة شفافة متوسطة الحجم، وفتحت باب حجرتها، فبدا له ذلك الشكل الأسطواني، الذي يستقر في حديقتها، والذي اتجهت هي إليه، ودخلته، فارتفع بها كبقعة ضوء تشق الظلمة، وتغيب في الظلمات..

وفي هدوء، راحت ملامحه البشرية الجديدة تتشكل، بعد أن أدرك من هو..

وفي هذه المرة حمل ملامح عجوز أشيب، تشف كل قسماته عن الطيبة والروحانية.. ولم يكد يستقر على ذلك المقعد القديم، الذي احتلته (كريمة) طويلًا، حتى سمع جلبة تأتي من خارج الحجرة، ورأى (رانيا) تندفع إلى الداخل، وتحدق فيه طويلًا في دهشة، قبل أن تقول في عصبية:

ـ أين (كريمة)؟

أجابها في هدوء:

ـ لقد ذهبت، وأنا هنا بدلًا منها يا آنسة (رانيا).

هتفت في دهشة:

ـ هل تعرفني أيها الشيخ؟

أجابها بابتسامة حزينة:

- بالتأكيد يا بنيتي.

ترقرق الدمع في عينيها، وهي تقول:

- أخبرني إذن أين (عزت)؟.. أين الشاب الذي أحب؟.. أخبرني.. أرجوك.

خفض عينيه، مغمغمًا في مرارة:

- لقد ذهب يا بنيتي.. ذهب ولن يعود.

أتسعت عيناها في رعب، وهي تهتف:

- ذهب؟

شعر بنظراتها تخترق جسده في شك ولوعة.. فبقى صامتًا، مخفضًا عينيه خشية أن تلتقيان بعينيها، وطال صمتهما، حتى سمعها تقول في صلابة:

- أخبره أنني سأنتظره.

وفتحت الباب وهي تضيف في حزم:

- سأنتظره إلى الأبد.

وعندما أغلقت الباب خلفها، وانطلقت بسيارتها مبتعدة، كان قلبه يبكي بدموع من دم.. ولكنه كان يعلم أنها ستنتظر بالفعل إلى الأبد..

وبلا أمل..

تاريخ الميلاد

نص النبوءة

امتدت الصحراء شاسعة، مترامية الأطراف إلى ما لا نهاية، أمام ذلك النسر القوي، الذي فرد جناحيه العظيمين، وراح يحلق فوق تباب الرمال في عظمة وشموخ، حتى التقطت عيناه صورة ذلك الجسد المتهالك، الملقى وسط الصحراء القاحلة، فانقض عليه، ممنيًا نفسه بوجبة شهية، لولا أن ندت من ذلك الجسد حركة ضعيفة واهنة، جعلته يتراجع، ويطوي جناحيه بعيدًا، وعيناه تتابعان حركة ذلك الجسد، في انتظار أن تخمد أنفاسه، فينقض عليه، ويفترسه، مشبعًا نداء الجوع في غريزته الصماء..

وتحركت عينا ذلك الجسد المسجى، والتقتا بعيني النسر لحظة، وهما تحملان تعبيرًا جامدًا متهالكًا، أنهكته وأثخنته جراح لا حصر لها..

وانطلقت أفكاره بعيدًا..

إلى حيث بدأت تلك الأحداث، التي ألقت به في هذا الموقف اليائس..

إلى البداية

* * *

توقفت سيارة من نوع (الجيب)، تتبعها سيارتان من طراز نصف النقل، في تلك المنطقة المقفرة من صحراء (مصر) الغربية، وهبط منها الدكتور (علاء كامل)، عالم الآثار المصرية، وهو يقول لزميله الدكتور (منير محمود):

ـ هنا برز أعظم كشوف الربع الأخير من القرن العشرين يا صديقي.

هبط الدكتور (منير) خلفه، وتبعته زميلتهما الدكتورة (منال عبد الخالق)، وهي تتطلع إلى جدار ضخم، برز من حفرة في رمال الصحراء، وهو يحمل تلك النقوش الهيروغليفية، التي تشير إلى كونه مدخلًا لمقبرة فرعونية جديدة، وغمغمت في انبهار:

ـ الباب سليم، وهذا يعني أن المقبرة لم تفتح من قبل.

هتف الدكتور (علاء) في حماس:

ـ إنها حالة نادرة أخرى، بعد مقبرة (توت عنخ آمون)، ولكن هذه تختلف.. إنها أعظم حتمًا.

سأله الدكتور (منير) في تشكك:

ـ كيف يمكنك أن تقول هذا؟

هتف الدكتور (علاء):

ـ سترى بنفسك.

وجذبه من كفه نحو باب المقبرة الحجري، وتبعتهما الدكتورة (منال)، وهي تقول في حذر العلماء:

ـ لاحظ أن كشوف مقبرة (توت عنخ آمون)، ما زالت تبهر العالم حتى الآن.

لوح (علاء) بكفه، هاتفًا:

ـ هراء.. مقبرتنا هذه ستحطم الدنيا.

ثم أشار إلى نقش مميز في منتصف الباب، مستطردًا في حماس:

- انظر.. حالة فريدة في نوعها.. ثلاث خراطيش ملكية دفعة واحدة.. هل رأيتما مثل هذا من قبل؟.. هل ورد ذكره في أي مرجع من مراجع علم الآثار؟

ثبت الدكتور (منير) منظاره الطبي فوق أنفه، وهو يحدق في الخراطيش الملكية الثلاث، مغمغمًا في انبهار:

- لا.. لم يحدث ذلك قط في الواقع.

وهتفت الدكتورة (منال):

- إنه أمر شديد الغرابة حقًّا، فوجود ثلاث خراطيش ملكية يعني وجود ثلاث مومياوات ملكية في هذه المقبرة، ولم يحدث أبدًا أن وضع قدماء المصريين ثلاثة من موتاهم في مقبرة واحدة، خشية أن تقلق الأرواح بعضها البعض عند البعث، أو أن تختلط الأحشاء عندما تعود الروح إلى الجسد، بحسب معتقداتهم..

ارتسمت ابتسامة واسعة على شفتي الدكتور (علاء)، وهو يقول:

- وهنا تكمن روعة الكشف.

وشمله الحماس، فراح يلوح بكفيه، مستطردًا:

- كشفنا لهذه المقبرة الفريدة في نوعها، وفي مكانها، سيهدم كل نظريات العصور الفرعونية رأسًا على عقب، ومن المدهش أن يتم كشف هذه المقبرة بالمصادفة البحتة، خلال عملية بحث عن البترول الخام.. أليس معجزة؟

أجابته الدكتورة (منال):

- بلى.. وهو أمر مثير للحيرة حقًّا، فتلك المقبرة توجد في منطقة نائية، بعيدة عن كل جبانات العصور الفرعونية، حتى أنني أكاد أجزم بكونها منفردة، ثم إنه ما من أثر لوجود حياة حولها، فلماذا يختار قدماء لمصريين منطقة منعزلة كهذه، لدفن ثلاثة من ملوكهم في مقبرة واحدة؟

أشار الدكتور (علاء) إلى الباب الحجري للمقبرة، هاتفًا في حماس:

- سنجد الجواب خلف طن الأحجار هذا.

وارتسمت على شفتيه ابتسامة خبيثة، وهو يستطرد.

- الآن.

ارتفع حاجبا الدكتور (منير) في دهشة في حين هتفت الدكتورة (منال):

- كيف؟.. من المفروض أن ننتظر قدوم لجنة خاصة، وبعض الخبراء، و..

قاطعها وهو يلوح بكفه:

- هراء.. إنها كشفنا نحن، ونحن سنشبع فضولنا منها أولا.

ثم أشار للرجال الذين يمكثون في السيارتين نصف النقل، قائلًا في حماس:

- هيا يا رجال.. افتحوا الباب.

هبط الرجال من السيارتين، وراحوا يعملون على رفع الباب الحجري الضخم، في تعاون تام، بحيث صارت أكفهم كلها ترفعه في آن واحد.. في حين غمغم الدكتور (منير) في اعتراض متخاذل، لم ينجح في إخفاء رنة اللهفة والفضول في صوته:

- أظن أن هذا غير قانوني.

أجابه الدكتور (علاء)، وهو يراقب عملية رفع الباب الحجري في لهفة:

- عظمة الكشف ستداري كل الأخطاء.

رفع الرجال الباب الحجري في تلك اللحظة، فتصاعد من المقبرة الملكية، التي ظلت مغلقة طيلة آلاف الأعوام، رائحة رهيبة، اختلطت بعبق عطري عجيب، جعل الدكتورة (منال) تطلق شهقة قوية، وهي تهتف:

- رباه!! إنني لم أشتم مثل هذه الرائحة أبدًا.. إنها تبدو أشبه بـ.. بـ..

قاطعها الدكتور (منير) في رهبة:

- برائحة الموت.

التفتت إليه في حدة ودهشة، إلا أنها لم تلبث أن تمتمت في خوف مبهم:

- صدقت.

هتف الدكتور (علاء)، وهو يناول كلا منهما مصباحًا يدويًا:

- خذا.. هيا بنا.. لا وقت لتلك المناقشات البوهيمية، هناك كشف تاريخي ينتظرنا.

تقدم الثلاثة نحو المقبرة في رهبة، وخطا الدكتور (علاء) داخلها وهو يقول في انفعال:

- لقد تلاشت الرائحة تقريبًا..

غمغمت الدكتورة (منال) في توتر:

- لست أظنها ستفارق أنفي أبدًا

تجاهل الدكتور (علاء) قولها، وهو يدير مصباحه اليدوي في المكان، مغمغمًا في ضيق.

- عجبًا، لا توجد أية أوان أو حلى ذهبية، في حين تؤكد كل الشواهد أن باب المقبرة لم يفتح من قبل.

تمتم الدكتور (منير):

- ربما لم يضعوا معهم حليًا ذهبية، أو...

قاطعة الدكتور (علاء) في حقق:

- محال.. كل الملوك توضع كنوزهم معهم في مقابرهم..

هتفت الدكتورة (منال) في هذه اللحظة:

- انظرا!!!

أدار الاثنان ضوء مصباحهما نحو ضوء مصباحها، وهتف الدكتور (علاء) في حماس هائل:

- ثلاثة توابيت.. يا للروعة!.. كيف أعلم أننا سنجد هنا كشفًا فريدًا.

رفع الدكتور (منير) ضوء مصباحه إلى حائط المقبرة، الملاصق لرؤوس التوابيت الثلاثة، وهو يقول:

- هناك رسالة أيضًا.

هتف به الدكتور (علاء):

- دعني أقرأها.

وراحت عيناه تجريان على النقوش الهيروغليفية، وهو يقول مترجمًا إياها إلى العربية في يسر اكتسبه من طول خبرته:

- «في هذا اليوم الكئيب، بعد تمام العام الأول من هبوط آلهة النار على أرضنا، وبعد انتشار لعنتهم بين شعبنا، قضى أبناء الفرعون الأعظم نحبهم، ولهم غفران آلهة الشمس، ولقد ولدوا معًا في يوم احد، وماتوا معًا في يوم واحد.. وبعد خمسة آلاف عام، سيدنس قبرهم ثلاثة من البشر، ولدوا في يوم واحد، وستحل عليهم اللعنة، ويموتون في يوم واحد، ولكن أحدهم سينقذ العالم من لعنة آلهة النار قبيل موته..».

انتهى الدكتور (علاء) من ترجمة النبوءة، وران على المقبرة صمت تام، قطعه صوت الدكتور (منير)، وهو يقول في عصبية.

- هراء.

أجابته الدكتورة (منال) في شحوب:

- ولكن تلك النبوءة تحمل جزءًا من الحقيقة، كنا نتندر به دومًا، وأنت تدركه جيدًا.

لوح بكفه قائلًا في حدة:

- ولو.. لن تنجح قوة في الأرض في دفعي إلى الإيمان بلعنة الفراعنة هذه.. فلا وجود لعالم آثار ناجح، يؤمن بتلك الخرافة.

هتفت به في عصبية:

- أتؤمن حقًّا بكونها مجرد خرافة؟

تمتم الدكتور (علاء) في توتر:

- ربما هي مجرد مصادفة.

هتفت مستنكرة:

- مصادفة.. أنت تعلم أن عمر هذه المقبرة خمسة آلاف عام بالضبط، وهذا واضح من أسلوب بنائها ونقوشها، ثم هناك تلك المصادفة المخيفة.

وارتجف صوتها، وهي تستطرد:

- نحن الثلاثة من مواليد الثاني والعشرين من فبراير.. عام ألف وتسعمائة وستة وأربعين.. أي أننا بالمصادفة البحتة قد ولدنا في يوم واحد.

وازدادت ارتجافة صوتها في شدة، وهي تردف في صوت أقرب إلى البكاء:

- ولقد أصابتنا اللعنة معا.. لعنة الفراعنة..

* * *

الكابوس..

كانت تلك الليلة كئيبة حقًّا، وقد اجتمع العمال حول كومة من الأعشاب المشتعلة، واجتمع علماء الآثار الثلاثة حول كومة أقل حجمًا.. وساد سكون عجيب اشترك مع المقبرة المفتوحة، على قيد أمتار في صنع مشهد مخيف، قطعه الدكتور (علاء) وهو يقول في ضيق:

- حسنا يا دكتورة (منال)، إنني أعترف بأنه من عجائب الأمور أن يجتمع ثلاثة من علماء الآثار، يتفق تاريخ مولدهم تمامًا.. ويفتحون مقبرة تحمل نبوءة بمثل هذا المعنى، ولكن الأمر في رأيي لا يتعدى كونه مصادفة بالغة التعقيد.

هزت رأسها نفيًا في عناد، وهي تقول:

- لن يمكنك إقناعي بهذا أبدًا، فالمصادفات لا تبلغ مثل هذا الحد.

اندفع الدكتور (علاء) يقول في حنق:

- اسمعي يا دكتورة (منال)، سأكرر لك ما سبق أن قلت: لا وجود لعالم آثار ناجح، يصدق لعنة الفراعنة هذه.

التفت إليه تقول في حزم:
- حقًّا؟!.. أخبرني إذن لماذا وضعت هذه المقبرة في مكان منعزل كهذا، يخلو من أية مقابر مجاورة، ومن أية آثار للحياة؟.. لماذا تم وضع ثلاث مومياوات في قبر واحد؟.. لماذا خلت المقبرة من أية حلي أو أوان ذهبية؟..
أين ذهبت أحشاء المومياوات، التي يتم حفظها إلى جوارها عادة في أوان خاصة؟.. هل تجد الجواب على كل هذا؟.. لن تجده بالطبع.. اسمع رأيي أنا إذن.. إنني أرى أن كل هذه الأمور عجيبة، لا تجتمع أبدًا في ظروف عادية، ولست من هواة تصديق المصادفات الشديدة التعقيد كهذه.. ولو أنك تصر على العناد فهذا شأنك، أما أنا فسأصدق هذه النبوءة، حتى ولو حرمني هذا من صفة (العالم الناجح).
ران الصمت لحظة، ثم لوح (منير) بكفه، قائلًا:
- حتى ولو صدقنا النبوءة، لا يوجد ما يخيف، فلا أحد يدري متى تتحقق، ومتى نموت.
قالت في حزم:
- هذا يتوقف على نوع اللعنة.
قاطع الدكتور (علاء) حديثهما في صرامة:
- كفى.. حديثكما هذا يصيبيني بالاكتئاب.
ثم نهض مستطردًا في توتر:
- ثم إنه من الضروري أن نأوي إلى فراشنا، فلدينا مهمة شاقة غدًا.
قالها، واتجه إلى خيمته في حزم، فتمتم الدكتور (منير)، وهو ينهض بدوره:
- نعم.. أمامنا غدًا عمل شاق.. فسنفحص المومياوات الثلاث.
وتبع الدكتور (علاء)، وابتلعتهما الخيمة معًا، فنهضت (منال) بدورها، واتجهت إلى خيمتها في صمت، ولم تكد تلجها، حتى ألقت جسدها فوق فراشها الصغير، مغمغمة:
- ولكن من منا سينقذ العالم من اللعنة؟.. من؟
والعجيب أنها - وعلى الرغم من توترها - سقطت من نوم عميق..
وفي نفس اللحظة، كان الدكتور (منير) يتقلب في فراشه، وهو يفكر في أمر تلك اللعنة، التي انتظرتهم خمسة آلاف عام، فهو - ولأول مرة - يميل إلى تصديق نبوءة من نبوءات قدماء المصريين، ربما لأنها تنطبق على حالتهم على نحو لا يتطرق إليه الشك..
صحيح أنه يحاول التظاهر بالعكس، ولكنه يدرك جيدًا أن الدكتور (علاء) يفهمه، ويفهم محاولاته لإخفاء خوفه وتوتره..
وإلى جواره، شعر بحركة الدكتور (علاء)، وتقلبه في فراشه، فلم يذق هذا الأخير النوم أيضًا..
إنه أيضًا يصدق النبوءة، ولكنه يخشى الاعتراف بذلك، حتى لا يجرح كرامته العلمية، أو يخدش خبرته المعهودة..
إن تطابق النبوءة الرهيب مع الواقع يثير رجفة في أوصاله، ورعشة في عروقه، حتى ليكاد يغادر الفراش، ويهرع إلى أقرب سيارة، فيستقلها، وينطلق هاربًا..
ولكن فضوله العلمي يمنعه..
وكذلك عقله..
لقد فتح مع زميليه المقبرة بالفعل، ولو أن اللعنة تقصدهم، فقد أصابتهم وانتهى الأمر..
المهم أن يعرف لماذا؟.. وماذا؟..

لماذا تصيبهم، وما هي اللعنة نفسها؟..
وعند تلك النقطة طافت صورة الدكتورة (منال) بذهنه..
ترى هل نجحت في النوم، أم أنها مثله تعاني من أرق رهيب؟..
ولم يدرك لحظتها أن (منال) كانت غارقة في نوم عميق..
ذلك النوم الذي تنبت فيه الأحلام..
والكوابيس..
لقد رأت - فيما يرى النائم - نفسها تتجه وحدها إلى المقبرة، وتلجها في خوف، ووسط ظلام دامس، ثم رأت ضوءًا أخضر يغمر المكان.. وارتجف قلبها في رعب هائل عندما رأت أغطية التوابيت الثلاثة ترتفع، وتنهض منها تلك المومياوات الهائلة..
وانطلقت تعدو في رعب، والمومياوات الثلاث تطاردها في شراسة، وبيد كل منها منجل من نار، تحش به رؤوس كل من يصادفها من البشر..
وهي تجري وسط الصحراء..
ثم فجأة تلحق بها مومياء، وترفع منجلها الملتهب لتحش رأسها..
وتصرخ هي، ثم تمد يدها لتنزع تلك اللفائف الكتانية، التي تحيط برأس المومياء..
يا للهول!!..
يا له من وجه أسود بشع رهيب، مشوه إلى درجة مرعبة للغاية..
ولم تحتمل بشاعة وجه المومياء..
وهوى المنجل المشتعل على عنقها، و...
واستيقظت فزعة..
استيقظت وهي تطلق شهقة قوية، وتمسك عنقها وكأنها تحميه من منجل النار..
ثم وجدت نفسها في خيمتها، ووسط سكون هائل، وارتجف جسدها عندما سمعت حارس المكان يسألها من خلف الخيمة في قلق:
- هل أنت بخير يا سيدتي؟
تمالكت نفسها، وهتفت به:
- لا.. لا شيء.. إنه مجرد حلم مزعج فحسب.
وتحسست عنقها في توتر، ثم زفرت في ارتياح، وعادت تلقي جسدها على الفراش..
ما زال عنقها في موضعه..
إنه مجرد حلم..
مجرد كابوس، صنعه توترها الشديد..
وفي هذه المرة عجزت عن العودة إلى النوم، فاكتفت بالاستلقاء في فراشها، وعقلها يستعيد كل الأحداث مرات ومرات.. حتى بدا لها الليل كدهر بلا نهاية، إلى أن أشرقت الشمس..
ولم يكد ضوء الشمس يغمر المكان، حتى غادرت فراشها وخيمتها، وأدهشها إن وجدت زميليها قد استيقظا، وراحا يتبادلان حديثًا خافتًا، على نحو أشبه بالهمس، فاقتربت منهما تقول:
- صباح الخير، فيم تتهامسان؟!
اعتدلا وكأنما فاجأهما وجودهما، وغمغم الدكتور (علاء):
- لا شيء.. لا شيء..
اتخذت مجلسها إلى جوارهما، وابتسمت ابتسامة شاحبة، وهي تقول:

- كنتما تتحدثان عن النبوءة.. أليس كذلك؟
تبادلا نظرة مستسلمة، ثم غمغم الدكتور (منير):
- بلى.
وقبل أن يمنحها فرصة إلقاء سؤال آخر، استطرد:
- لقد استيقظ العمال.. سنتناول أقداح الشايء، ثم نفتح التوابيت لفحص المومياوات.. هيا.
تناول الثلاثة أقداح الشاي في صمت، ثم نهض الدكتور (علاء)، قائلًا:
- هيا ننتهي من هذا العمل السخيف.
وبناء على أوامره، راح كل العمال يعملون على إزالة الرمال من حول المقبرة، في حين انتقى هو ثلاثة منهم، وطلب منهم فتح التوابيت، وراح هو والدكتور (منير) والدكتورة (منال) يفحصون جدران المقبرة..
وبينما انهمك الثلاثة في الفحص، راح العمال الثلاثة يخرجون المومياوات في حرص..
وفجأة سقطت إحدى المومياوات أرضًا، وانحلت اللفائف عن وجهها، فالتفت العلماء الثلاثة إلى حيث سقطت المومياء، وصرخ الدكتور (علاء):
- حذار أيها الأغبياء.. إنها..
بتر عبارته، وهو يحدق في وجه المومياء المكشوف في ذهول، شاركه إياه الدكتور (منير)، في حين تراجعت (منال) في رعب، حتى التصقت بحائط المقبرة، وانطلقت من حنجرتها صرخة هلع هائلة، قبل أن تسقط فاقدة الوعي..
لقد كان وجه المومياء مشوهًا أسود اللون، بشع الخلقة.. تمامًا كما رأته في حلمها..

* * *

سر اللعنة..

كانت ترتجف في شدة، وهي تهتف:
- اللعنة!.. لعنة الفراعنة.
أمسك الدكتور (منير) كتفيها، وراح يهزها في قوة، هاتفًا:
- استيقظي يا (منال).. لا توجد لعنات.. اهدئي..
فتحت عينيها، وتطلعت إليه في رعب، وهي تهتف:
- اللعنة!! هل رأيت الوجه؟.. إنه مشوه!! بشع!!
أجابها في ضيق:
- هذا صحيح، ولكن في مثل مهنتنا ينبغي أن نتوقع مثل هذه الأشياء.
هتفت:
- ولكنني رأيته.. رأيته من قبل.
عقد حاجبيه، وهو يسألها في توتر:
- أين؟.. أين رأيته من قبل؟
- في كابوس.. كابوس أصابني ليلة أمس.

غمغم الدكتور (علاء)، في مزيج من الدهشة والاستنكار والحنق:
- في كابوس؟!
وزفر في ضيق، قبل أن يستطرد:
- اسمعي يا دكتورة (منال).. إنك متأثرة للغاية بتلك النبوءة، ومن الواضح أنك تفتقرين إلى القدر الكافي من النوم.. سنتركك في خيمتك الآن، وحاولي أن تستسلمي للنوم، فسيفيدك هذا كثيرًا.
سألته في توتر:
- والمومياوات؟!
أجابها في ضيق:
- سنفحصها أنا والدكتور (منير)، بعد أن ينتهي العمال الثلاثة من إعدادها.
تركها وانصرف مع الدكتور (منير)، في حين راح جسدها يواصل ارتجافه، وهي تحاول تذكر أين رأت ذلك الوجه البشع من قبل؟ وكيف؟..
لقد رأته مرسومًا في مجلة.. مجلة علمية على وجه التحديد.. أو وصفه شخص ما من قبل.. أو..
برقت الفكرة فجأة في رأسها، فقفزت من فراشها وجذبت إليها حقيبتها، وراحت تقلب محتوياتها في لهفة، حتى عثرت على مجلة أمريكية متخصصة في علم الآثار، راحت تقلب محتوياتها في سرعة، حتى توقفت عند صفحة شحب وجهها وهي تتطلع فيها إلى رسم تخيلي، يحمل نفس الوجه الأسود المشهوه الرهيب..
وراحت تقرأ المقال في لهفة..
كان عبارة عن ترجمة لواحدة من عدة برديات قديمة، كانت تحملها واحدة من السفن المسافرة من (مصر) إلى (بريطانيا)، في أثناء الحرب العالمية الأولى، فأغرقتها سفينة ألمانية، ولم يتم العثور على البرديات، المحفوظة داخل صندوق مغلق إلا منذ عدد قليل من السنوات..
وكانت الترجمة تصف لعنة أصابت الأرض، حملتها بعض الآلهة القادمة من السماء، وراحت تنتشر انتشار النار في الهشيم، حتى نجح قدماء المصريين في وقف انتشارها بمعجزة وإلى جوار الترجمة، ذلك الرسم، الذي ابتدعه خيال فنان، لوجه رجل مصاب باللعنة، طبقًا لما جاء في البردية..
وفجأة أضيء عقل الدكتورة (منال) بالحل..
لقد عرفت السر..
سر اللعنة..

* * *

هز الدكتور (علاء) رأسه في أسى، وهو يقول لزميله (منير):
- مسكينة هي (منال).. لقد تأثرت كثيرًا بتلك النبوءة.
هز (منير) رأسه بدوره، وقال:
- هل رأيت ما أصابها، عندما رأت وجه تلك المومياء؟
كانت كمن رأى شبحًا أسطوريًا، أو..
قبل أن يتم عبارته، اقتحمت (منال) الخيمة، هاتفة:
- وجدتها.. وجدتها..
سألها الإثنان في دهشة:
- ماذا وجدت؟
لوحت بالمجلة في جيبها، مستطردة في انفعال:

- وجدت السر.. سر اللعنة!

حدق الدكتور (منير) في وجهها بدهشة، في حين هتف (علاء):

- ماذا تعنين؟

وضعت أمامهما رسم الوجه المشوه، وهي تقول:

- انظر.. هذه ترجمة لبردية قديمة، إنها تشرح كل شيء.. فقط علينا أن نقرأ ما بين السطور.

ثم أزاحت المجلة، مستطردة في انفعال:

- من الواضح أن قدماء المصريين تلقوا زيارة من كائنات فضائية هبطت على متن سفن فضاء ذات نيران صاروخية.. أطلقوا هم عليهم اسم آلهة النار، ولقد نقلت إليهم هذه الكائنات نوعًا نادرًا من الفيروسات، لا شبيه له على وجه الأرض، نشر طاعونًا رهيبًا، فتك بالآلاف.. وهو ما أطلق عليه القدماء اسم اللعنة.. ولقد نجحوا بسبب أو آخر في إيقاف انتشار المرض، وإن لم يقضوا عليه تمامًا.

هتف الدكتور (منير) في شحوب:

- هل تعنين؟

قاطعته في انفعال:

- بلا أدنى شك.. هذه المومياوات الثلاث مصابة بطاعون الفضاء الرهيب.. ومن الممكن أن يكون هذا الطاعون قادرًا على العيش في أجساد ضحاياه لآلاف السنين، أي أنه ما يزال يحمل قدرته على الفتك.

هتف (منير):

- إذن فتلك الرائحة، التي شممناها عند فتح المقبرة هي...

قاطعته مجيبة:

- هي نوع من موانع انتشار المرض.

غمغم الدكتور (علاء) في تردد:

- ولكن هذا الاستنتاج يبدو أقرب إلى واحدة من روايات الخيال العلمي، منه إلى استنتاج علمي محض.

هتفت به (منال):

- الخيال هو الطريق إلى الحقيقة.

غمغم متشككًا:

- ولكن هذه الـ..

قاطعته في حزم:

- دعك من شكوكك الآن، المهم أن نمنع أي مخلوق من لمس هذه المومياوات.

اتسعت عينا الدكتور (منير)، وهو يقول:

- ولكن العمال الثلاثة يعملون بها منذ ساعات.

صاحت به:

- امنعهم من الاختلاط بالآخرين إذن.. أسرع.

توقف لحظة مترددًا، ثم اندفع خارج الخيمة، فعاد (علاء) يهز رأسه، مغمغمًا:

- لا.. لن يقنعني هذا.

أجابته (منال) في حزم:

- إنه يقنعني أنا..

هز رأسه مرة أخرى، دون أن ينبس ببنت شفة، ولكن أعماقه كانت تمتلئ بشعور واحد.. الخوف..

* * *

توقف (منير) عند باب المقبرة في تردد، وراح يلهث من فرط الانفعال، وهو يتطلع إلى العمال الثلاثة، الذين انتهوا تقريبًا من إعداد المومياوات، وسألهم السيطرة على نبراته ولهجته:

- هل عاونكم أحد في عملكم هذا؟

أجابه أحدهم في بساطة:

- لا.. إننا نعمل وحدنا.

تردد لحظة، ثم سألهم، محاولًا أن يبدو طبيعيًا:

- هل تناولتم المصل الواقي؟

رفعوا رءوسهم إليه في دهشة، وفي خوف مبهم، وغمغم أحدهم:

- أي مصل واق؟

تظاهر بالدهشة، وهو يسألهم:

- ألم تتناولوه؟

هزوا رءوسهم في حيرة وقلق وغمغم آخر:

- لم يطلب منا أحد أن نفعل، حتى عندما كنا نستخرج مومياوات في عمليات سابقة.

أومأ برأسه بلا معنى، وقال:

- إنه إجراء جديد، ولهذا نسيه رئيس العمال. لا بأس.. على أية حال لن يمكنكم الاختلاط بالآخرين، قبل تطعيمكم، ومن الواضح أنهم قد نسوا المصل في (القاهرة).. ستنتظروننا هنا، حتى نعود إليكم به.

سأله أحدهم في توتر:

- ولم لا نصحبكم إلى (القاهرة)، ونتناوله هناك؟

أسرع يقول في حدة:

- لا..

ثم عاد يحاول السيطرة على صوته، وهو يستطرد:

- القوانين تحظر ذلك.

ورسم على شفتيه ابتسامة، مردفًا:

- سنترك لكم الكثير من المؤن، وستحصلون على أجر مضاعف، لقاء هذا الخطأ منا.

أثلج الحديث عن الأجر صدور العمال الثلاثة، فقال أكبرهم مبتسمًا.

- لا بأس يا سيدي.. إنه أمر بسيط.. سننتظر.

تنهد في ارتياح، وأسرع يغادر المكان، بعد أن أكد للعمال الثلاثة ضرورة عدم الاختلاط بالآخرين مطلقًا، وعاد إلى خيمة رفيقيه، مغمغمًا:

- لقد أتممت تلك المهمة البغيضة.

غمغمت (منال) في أسى:

- يا للمساكين!

زمجر (علاء)، وهو يقول:

- استنتاجك لم تثبت صحته بعد.

جلس (منير) يراجع أوراق العمال الثلاثة، وهو يقول في أسف:

ـ كم أتمنى أن تنفيه الأيام، و....

شهق فجأة قبل أن يتم عبارته، فسألته (منال) في توتر:

ـ ماذا هناك؟

أجابها في انفعال:

ـ اسمعي.. إن تاريخ ميلاد العامل الأول هو الثالث من سبتمبر، عام ألف وتسعمائة وخمسة وأربعين، وتاريخ ميلاد الثاني هو أيضًا الثالث من سبتمبر، عام ألف وتسعمائة وتسعة وثلاثين، أما تاريخ ميلاد الثالث فهو الثالث من سبتمبر، عام ألف وتسعمائة وخمسين.

صاح (علاء):

ـ يا إلهي!!.. هل تعني..؟

قاطعه في ارتياح:

ـ نعم.. إنهم هم الذين ستصيبهم اللعنة لا نحن.. هم الذين دنسوا المقبرة بفتح التوابيت، وهم الذين لمسوا المومياوات الملوثة.. لقد نجونا.. لقد نجونا..

ولكن قلب الدكتورة (منال) لم يشعر بالارتياح لهذا.. لم يشعر به أبدًا..

***

الحقيقة..

شعرت (منال) بموجة من تأنيب الضمير تغمرها، وهي ترقد في خيمتها في تلك الليلة، بعد أن رحلت قافلة البحث بعيدًا عن المقبرة، تاركة العمال الثلاثة المنكوبين فيها.. وراح عقلها يحاول هضم فكرة نجاتها من اللعنة، دون أن يقنع عقلها الباطن بهذا..

وعندما طال أرقها، غادرت فراشها وخيمتها، واتجهت إلى حيث يجلس خفير المعسكر، الذي لم يكد يلمحها حتى هب واقفًا، فقالت في هدوء:

ـ اجلس.. إنما أتيت أشاركك قدحًا من الشاي.

هتف في حماس:

ـ على الرحب والسعة.

راح يعد لها قدح الشاي في سرعة، وهو يسألها:

ـ هل سنعود إلى المقبرة يا سيدتي؟

أجابته في ضيق:

ـ بالطبع.

سألها في تردد:

ـ وهل سنعيد زملاءنا الثلاثة؟

رفعت عينيها إليه في دهشة، قبل أن تسأله:

ـ لماذا تلقي هذا السؤال؟

أجابها مترددًا:

- يقول العمال إن زملاءهم الثلاثة قد أصابهم مرض خطير من تلك المومياوات الملعونة.. وأن القافلة قد أسرعت بالرحيل بعيدًا عن المقبرة لهذا السبب، وتركتهم أيضًا هناك للسبب ذاته.

لم تجد في نفسها ميلًا للإجابة، فلاذت بالصمت لحظات، ثم سألته بغتة:

- أخبرني يا رجل، ما تاريخ مولدك، المدون في أوراقك؟

أجابها في دهشة:

- إنه الثالث من سبتمبر، عام ألف وتسعمائة واثنين وثلاثين يا سيدتي.. لماذا تسألين؟

- أكل العاملين هنا من مواليد الثالث من سبتمبر هذا؟

أجابها في حيرة:

- كلا بالطبع، ولكن أوراقهم الرسمية تحمل هذا التاريخ.

هتفت في حدة:

- لماذا؟

هز كتفيه، مجيبًا:

- لأنهم جميعًا لم تكن لهم شهادات ميلاد رسمية؛ لذا فقد تقدموا بطلب تسنين، عندما أرادوا الحصول على أوراق رسمية للعمل معكم، وتم تسنينهم( ) جميعًا في جلسة الثالث من سبتمبر، وعندما يتم تسنينهم، يمنحهم الطبيب المسئول تاريخ ميلاد يوافق التسنين، مع العام المقترح لأعمارهم، وهكذا ستجدين الجميع يحملون تاريخ الثالث من سبتمبر، وهو تاريخ جلسة التسنين.. هذا هو القانون( ).

اتسعت عيناها في ذعر، ثم قفزت فجأة، وانطلقت تعدو نحو واحدة من السيارتين نصف النقل، وراجعت بعض محتوياتها في لهفة، وبخاصة صندوقان صغيران، وأسرعت تحتل مقعد القيادة، فهتف بها الحارس في جزع:

- إلى أين يا سيدتي؟

صاحت به وهي تنطلق بالسيارة:

- سأعود إلى المقبرة.. من الضروري أن أفعل.

وعندما انطلقت بالسيارة وسط الظلام، كانت قد أدركت صحة جزء هام من النبوءة.. وعرفت من سينقذ العالم.

* * *

استيقظ الدكتور (علاء) في ذعر، على يد الحارس، وهي تهزه في توتر، وهتف به في حنق:

- ماذا هناك؟.. ماذا حدث؟

أجابه الحارس في قلق:

- لقد رحلت الدكتورة (منال).

خيل للدكتور (علاء) أنه لم يستوعب العبارة جيدًا، فقال وهو يعتدل جالسًا على فراشه:

- من؟

أجابه الحارس:

- الدكتورة (منال).. رحلت.

اتسعت عينا (علاء) في ذهول، وهو يهتف:

- رحلت؟.. إلى أين؟

أجابه الحارس:

- إلى المقبرة.. قالت إنها عائدة إلى المقبرة.
قفز (علاء) من فراشه، وصاح في ذعر:
- عادت إلى المقبرة؟!.. اللعنة!.. ولماذا أقدمت على هذه الحماقة؟
أسرع الحارس يقص عليه ما دار بينه وبين الدكتورة (منال) من حوار، فامتقع وجه (علاء) وغمغم ملتاعًا:
- يا إلهي!! إذن فلم يكن العمال الثلاثة هم المقصودين.. وإنما نحن.
تردد الحارس لحظة، ثم قال:
- لقد حملت الدكتورة معها بعض الأشياء.
سأله في توتر:
- مثل ماذا؟
أجابه الحارس وهو يخشى العقاب:
- لقد حملت معها صندوقين من الديناميت، وخمسين جالونًا من البنزين.
اتسعت عينا (علاء) في ذعر، وأدرك ما تنوي (منال) فعله، فهتف بالرجل في هلع:
- أسرع يا رجل.. أيقظ الجميع، وسأوقظ أنا الدكتور (منير)، وعلينا أن نهرع جميعًا إليها.
والتفت إلى (منير) يوقظه، مستطردًا في مرارة:
- المهم أن نصل في الوقت المناسب.

* * *

كانت بشائر الفجر قد لاحت، عندما وصلت (منال) إلى المقبرة، فأوقفت سيارتها، وقفزت منها، وحملت صندوقًا من صندوقي الديناميت في صعوبة، واندفعت نحو المقبرة، ولم تكد تلجها، ومصباحها يضيء لها الطريق، حتى أطلقت شهقة رعب، وتراجعت في حدة، فسقطت منها أصابع الديناميت أرضًا..
لقد رأت العمال الثلاثة جثثًا هامدة، وكل منهم يتشبث بالآخر، كما لو أنهم قد عانوا من عذاب رهيب، قبل أن يلقوا حتفهم..
وكانت وجوههم سوداء مشوهة بشعة.
وتراجعت مغمغمةً في ارتياع:
- إنه طاعون رهيب.. رهب.
زادها ذلك إصرارًا على إتمام مهمتها، فاسرعت عائدة إلى السيارة، وحملت صندوق الديناميت الآخر، وعادت تضعه وسط المقبرة، ثم راحت تمد فتيله الطويل قرابة العشرين مترًا، إلى حيث توقف سيارتها، ثم راحت تنقل جالونات البنزين في صبر، وترصها داخل المقبرة، متحاشية بقدر الإمكان رؤية وجوه العمال المشبوهة، وبعدها أسرعت عائدة إلى حيث يبدأ الفتيل المفجر، وفجأة تذكرت نقطة هامة..
إنها لا تحمل ثقابًا لإشعال الفتيل..
هذه هي نقطة الضعف الوحيدة في خطتها..

* * *

«احترس يا (علاء).. إنك ستقتلنا..»
قالها الدكتور (منير) في ذعر، عندما وجد زميله منطلقًا بالسيارة (الجيب) بأقصى سرعتها، وسط الصحراء، فأجابه (علاء) في توتر:

- المهم أن نلحق بـ(منال) قبل فوات الأوان.

هتف (منير) في حدة:

- مجنونة هي هذه المرأة!! كيف تقدم على هذا دون استشارتنا؟!

أجابه (علاء)، وهو ينطلق بأقصى سرعة، والسيارة التي تحمل العمال تحاول اللحاق به:

- لقد أدركت أننا المقصودون بالنبوءة، ويبدو أنها خشيت أن يلقى العمال الثلاثة حتفهم، ثم تبقى المقبرة مفتوحة، كبؤرة لانتشار الطاعون الرهيب، بواسطة عابر سبيل، أو حتى جرذ من جرذان الصحراء، فقررت نسفها تمامًا.

هتف (منير):

- إنها مجنونة.. إنها حتمًا كذلك.

ثم عاد يصيح في رعب:

- خفف من سرعتك يا رجل.

عض (علاء) على نواجذه، وهو يقول في حنق:

- إنها تسبقنا بساعة كاملة، ولابد من محاولة تعويض هذا الفارق، فلقد ظل ذلك الحارس الغبي مترددًا لساعة كاملة قبل أن يوقظني ويخبرني بما فعلت، ولو أيقظني في لحظتها لكنت..

قاطعه (منير) في عصبية:

- إنه القدر..

ران الصمت لحظة قبل أن يغمغم (علاء) في عصبية مماثلة:

- نعم.. إنه قدرنا.

وأضاف في صرامة:

- ونحن نحاول تغييره.

وزاد من ضغطه على دراسة الوقود..

* * *

شعرت (منال) بحنق شديد، وهي ترى خطتها كلها تفشل، بسبب عود ثقاب تافه، فاندفعت نحو السيارة، وتحول حنقها إلى سخط هائل، عندما كشفت عدم وجود قداحة السيارة الإليكترونية، فراحت تبحث في كل مكان فيها في جنون، وهي تهتف:

- لن يفسد كل شيء بسبب تافه كهذا.. مستحيل!!

وفجأة، وعلى نحو أشبه بالمعجزة، عثرت على علبة ثقاب ملقاة أسفل مقعد السائق، فاختطفتها في لهفة، وهي تهتف في انفعال:

- ستكون معجزة حقًا لو كان بها ثقابًا.

ارتجف قلبها عندما فتحت العلبة، ووجدت داخلها عود ثقاب واحد، وغمغمت في توتر:

- أنت الأمل الوحيد.. أرجوك.

انحنت نحو الفتيل، وأشعلت عود الثقاب في حذر، ثم دفعته نحو طرفه..

واشتعل الفتيل، وتراجعت هي هاتفة:

- لقد نجحت.

وفجأة قفز إلى ذهنها خاطر مخيف..

ماذا لو لم تحترق المومياوات وأجساد العمال عن آخرها؟

شعرت بحنق؛ لأنها لم تسكب البنزين على الأجساد، ثم لم تلبث أن عقدت حاجبيها في إصرار، وهي تقول:

- لم يفت الوقت بعد.

انطلقت تعدو في سباق مع الفتيل المشتعل، ولم تكد تبلغ المقبرة، حتى راحت تفتح عبوات البنزين، وتسكب محتوياتها فوق المومياوات وجثث العمال في سرعة، ثم انطلقت عائدة، وهي تقول:

- في هذه الحالة أضمن احتراقها، و...

ودوى الانفجار في قوة، وشعرت (منال) بضغط هائل في ظهرها، ووجدت جسدها يطير في عنف، ويرتطم بحافة السيارة في قوة، ثم يسقط أرضًا، على بعد أمتار منها..

واشتعلت النيران في المقبرة كلها..

* * *

لم يكد دوي الانفجار يبلغ مسامع (علاء)، حتى امتقع وجهه، وصاح في رعب:

- يا إلهي!.. (منال).

واندفع بسيارته على نحو مخيف، وصرخ به (منير):

- احترس.. تلك التبة.. إنك ست...

وقبل أن يتم عبارته، كانت (الجيب) ترتطم بتبة رملية قصيرة، ثم تقفز في الهواء وكأنها حيوان كانجارو نشط، ثم تنقلب مرتين، وتستقر على قمتها.. وأوقف سائق سيارة العمال سيارته، وانطلق الجميع يعدون نحو الجيب المقلوبة، وعندما بلغوها كان الدكتور (علاء) قد لقي مصرعه محطم الصدر أسفلها، في حين راح الدكتور (منير) يهتف في لوعة، وأنفاسه تضطرب في شدة:

- انقذوا الدكتورة (منال).. لا تتركوها.. انقذوها..

أسرع العمال يحملونه إلى سيارتهم، وينطلقون نحو المقبرة، وهو يردد بصوت يزداد خفوتًا في سرعة:

- انقذوها.. انقذوها..

ثم لم يعد ينطق بحرف واحد.. فلقد فاضت روحه..

* * *

استعادت (منال) وعيها بعد لحظات من الانفجار، وشعرت وكأن جسدها قد تمزق إلى آلاف القطع، كان جسدها ملقى على رمال الصحراء فألقت نظرة ارتياح على المقبرة المشتعلة، وهي تغمغم:

- إنها اللعنة.. النبوءة..

وهنا رأت نسرًا ينقض عليها من السماء، فاستجمعت قواها لتصنع حركة مفاجئة، جعلت النسر يبتعد، ويقبع على مقربة منها، منتظرًا لحظة أن تلفظ أنفاسها الأخيرة، ليجعل منها وليمته..

وتحركت عيناها، والتقتا بعيني النسر لحظة، وهما تحملان تعبيرًا جامدًا متهالكًا، أنهكته وأثخنته جراح لا حصر لها..

وانطلقت أفكارها بعيدًا، إلى حيث بدأت الأحداث، ثم انتعش الأمل في قلبها بغتة، عندما لاحت لها سحابة غبار في الأفق..

إنهما زميلاها حتمًا..

لقد جاءا لإنقاذها..

وعلى الرغم من الضعف الشديد، الذي يزحف إلى جسدها في سرعة، راح الأمل ينتعش في قلبها رويدًا رويدًا، مع اقتراب سحابة الغبار..

ثم تذكرت النبوءة..
وخبا الأمل..
لقد أنقذت العالم من ذلك الطاعون القاتل..
ولكن النبوءة تقول أنها ستموت بعد أن تخلص العالم..
اقترب منها النسر..
فنظرت إليه في وهن..
حاولت أن تنهض..
فلم تستطع..
كانت تقاوم الإغماء بكل ما بقي لديها من قوة وإصرار..
ولكن الضغط الهائل الناتج عن انفجار تلك القنبلة سبب لها نزيفًا داخليًا حادًا..
وتهتك في العديد من أعضاءها الداخلية..
فبدأ نبض القلب في التباطؤ..
وبدأت سحابة الغبار التي تراها تختلط بغشاوة.
وحين وصلت سيارة العمال.
كان المنظر رهيبًا..
كان النسر قد انتهى من انتزاع أنف الدكتورة (منال) بعد أن لفظت أنفاسها الأخيرة بلحظات..
وكان أصدقاؤه يحلقون فوق الجثة يمنون أنفسهم بوجبة عشاء دسمة..
ولكن النسر تراجع وطار هاربًا عند وصول السيارة..
وعندما أقفلت السيارة عائدة إلى (القاهرة)، كانت تحمل داخلها تأكيدًا لنبوءة الفراعنة..
ثلاث جثث هامدة، لثلاثة علماء ولدوا في يوم واحد..
وأصابتهم اللعنة..

الميراث

كان مُشرّع ذلك العهد في مصر يُجيز الوقف الأهلي، وكان فقهاؤه يُقررون أن شرط الواقف كنص الشارع. فكان كثيرون يتخذون من نظام هذا الوقف وسيلةً للتخلّص من أحكام الميراث الثابتة في القرآن الكريم. يَحرمون به ورثتهم مَن يريدون حرمانه، ويتخطَّوْن به أحكام الوصية؛ إذ كانت لا تجيزها لوارث إلا إذا أقرَّها سائر الورثة، ولا تجيز الوصية لغير وارث في أكثر من الثلث، لقوله عليه السلام: «الثُّلُثُ، والثُّلُثُ كثير؛ لأنْ تَترِكَ أولادَك أغنياء خيرٌ مِن أن تتركهم عالةً يَتكفَّفونَ الناس.»

وشاعت في ذلك العهد عند ذوي اليسار، وعند المتوسطين كذلك، فكرةُ حرمان البنات من التَّرِكة، أو جَعْلهنَّ تَبَعًا لإخوتهن الذكور، يَنَلْنَ منهم نفقةً تكفيهنَّ العيش المتواضع. ذلك أنهم كانوا يعتبرون أن البنات يخرجن من الأسرة يتزوجن، والملك ملك الأسرة، فلا يجوز أن يأخذ أزواج البنات. أما والشرع يجيز حرمان البنات بالوقف، فلا وِزْرَ عليهم في حرمانهن. وأزواجهن ملزمون شرعًا بالإنفاق عليهن، فإن لم يتزوجن، فلهن على إخوتهن الذكور نفقة تكفل الكفاف!

وكان عاكف بك من المؤمنين بحرمان البنات إيمانًا عميقًا؛ لذلك رأى أن يقف أملاكه الواسعة على الذكور من ذريته. فلما كان في المحكمة الشرعية لتحرير وقفيته، مس قلبه شيء من الرحمة، فنص فيها على أن يكون للإناث من الذرية نفقة يدفعها لهن إخوتهن الذكور. ولم يرد بخاطره أن يورد نصًّا على ما يجري إذا كان الورثة كلهم إناثًا، اقتناعًا منه بأن ذلك لا يمكن أن يحدث في أسرته، أو نسيانًا منه لهذا الاحتمال!

وتوراث ذريته هذا الوقف جيلًا بعد جيل، ولم يحدث بالفعل أن خلا الورثة في الأجيال الأولى من واحد أو أكثر من الأولاد الذكور يعيش أخواته البنات في كنفهم، ويتمتعن برعايتهم وعطفهم.

وتكاثرت فروع الأسرة على الأجيال، وحدث أن مات الذكور جميعًا قبل الإناث في أحد فروعها، فاختصم الذكور — من فرع آخر — هاتيك الإناث، يطلبون الانفراد بريع الوقف كله، نزولًا على شرط الواقف. وأقر القضاء وجهة نظر هؤلاء الذكور، ولم ينل الإناث الباقيات من الفرع الذي مات ذكوره ضرر كبير؛ فقد كُنَّ في عصمة رجال ذوي يسار، فلم يزعجهن هذا الحكم، وإن أزعج أزواجهن بعض الإزعاج.

•••

وتعاقبت الأجيال كرة أخرى، ثم أخذت تنقرض شيئًا فشيئًا، حتى آل معظم الوقف إلى الشاب المهذب الرقيق «عبده عاكف». وكان طبيعيًّا أن يعيش هذا الشاب عن سعة، وألَّا يعني نفسه بأمر غده، وله من إيراد الوقف ما يغنيه عن عمل وكل عناء. وطمعت كثيرات من بنات طبقته في الزواج منه، ثم وقع اختياره على «هناء»، مما دَلَّ على حسن ذوقه وتقديره. فقد كانت هناء - إلى جانب جمالها - تعدله في كرم النسب، وإن لم تكن تعدله في سعة الثراء. صحيح أنها ورثت عن أبيها ما يكفل لها عيشًا كريمًا، لكن ما ورثت لم يكن يكفل أكثر من هذا العيش الكريم.

وقبل أن تدور السنة أنجب الزوجان طفلة بارعة الجمال، اغتبطا بها أشد الاغتباط. ولم يَدُر بخاطر أيهما ذِكْرٌ لوَقْف عاكف بك وشروطه، فهما لا يزالان في إقبال الشباب: وهما يذكران ما يجري على

ألسنة النساء: «خيركن من بُشرت بأنثى.» لذلك خلعت الأم على طفلتها من ألوان العناية والرعاية ما زاد الأب تعلقًا بها وحبًّا لأمها. وأخذت الصغيرة تنمو وتكبر، وتملأ البيت على أبويها بضحكاتها ولعبها وعبثها، فتزيدهما تعلقًا بها، ورعاية لها.

وبعد سنتين وضعت الأم الشابة بنتًا ثانية، فلم يُغَيِّرْ ذلك من مرح الأسرة وغبطتها. فالشباب لا يسهل أن تشوب الهموم أجواءَه. إن أمامه في الحياة أملًا طويلًا عريضًا، فما يفوته اليوم يمكن تحصيله غدًا. ولم تبلغ «هناء» بعدُ الثالثة والعشرين من عمرها، لِيدور بخاطرها ما قد يُخَبِّئ الغد بعد عشرين سنة أو ثلاثين سنة من أيام زَوجيَّتها السعيدة الهنيئة. أما أمها فلم تلبث حين رأت الوليدة الثانية، أن ذَكَرَتْ وقف عاكف بك وشروطه، وهي تستعجل الغلام الذي تطمئن به إلى أنَّ ابنتها وحفدتها، سيكونون في رخاء من العيش، يستمتعون من رغد الحياة بخير أَنْعُمِها. ولقد جاوزت هذه الجدة الشباب إلى الكهولة، فهي حريصة على أن تطمئن في حياتها على مستقبل هؤلاء الحفدة الأعزاء!

ولم تذكر لابنتها ما دار بخاطرها، لكن ما ارتسم على محياها ساعة تنفست هذه الطفلة الثانية ريح الوجود، لم يُعَبِّر عن شيء من الغبطة، وإن دفعها حنانها الطبيعي للعناية بالطفلة أشد العناية!

وبعد سنتين كذلك، أنجبت هناء طفلة ثالثة، رَوَّع مولدُها قلبَ جدتها، حتى تمنت لو لم تولد. وبلغ روع الجدة حد الثورة حين أنجبت هناء بنتًا رابعة بعد سنتين أخريين، فأنحت باللائمة على ابنتها، وألقت عليها وِزْر ما حدث، وكأن للأم الخيار في إنجاب البنت أو الولد.

وبكت هناء، ثم قالت تُعاتب أمها:

- هذه خيرة الله يا أماه، وأنا لم أبلغ بعدُ الثلاثين، ورحمة الله واسعة..

وحملت هناء للمرة الخامسة، وإنها لَتعاني سقم الحمل؛ إذ مرض زوجها مرضًا لم يمهله أيامًا حتى اختطفه الموت من بين أحضانها. وحزنت الشابة عليه أشد الحزن، وذكرت يُتْمَ بناتها، ونظرت إلى مستقبلها ومستقبلهن، بعين لا ترقأ لها دمعة. أما أمها فأفزعتها هذه الوفاة، لا حزنًا على الزوج الذي مات، بل إشفاقًا أن تلد ابنتها بنتًا خامسة، فلا يكون لهاتيك الصغيرات من وقف عاكف بك نصيب، ولا يكاد ما ورثته أمهن عن أبيها يكفيهن عيش الكفاف.

وزاد في فزعها وانزعاجها ما ترامى إلى سمعها من أن سلائف ابنتها يبذلن النذور لأولياء الله الصالحين أن تلد هناء بنتًا ليعود الوقف إلى أزواجهن، وليستمتعوا بإيراده الوفير!

ماذا عسى أن يكون مصير هناء وبناتها إذا استجاب الأولياء لنذور هؤلاء الأقارب؟ وهل تَدَعُ هذه الجدة الأمور للأقدار والرزاق هو الله؟ أم أن عليها لهناء وبناتها واجبًا أن تُنقذهنَّ من مصير مظلم بأية وسيلة ممكنة؟!

والوسيلة لإنقاذهن أن تلد هناء ولدًا يحفظ الوقف له ولها ولأخواته البنات. لا بد إذن من أن تلد هناء ولدًا. والعلم لم يصل بعدُ إلى تعيين النسل، فالأمر لا يزال في يد القدر. أوَلَا تستطيع هذه الجدة أن تكفل لابنتها ما لا يكفله العلم، فيكون مولودها ذَكَرًا بأية حال؟ هنالك تنازعها عاملان: الوازع الديني، الذي يجعل معاندة القدر ذنبًا يُجزى مُجْتَرِحُه في الحياة الآخرة، وقد ينال عنه جزاءً قاسيًا في الدنيا. ووازع المحافظة على نعمة الحياة لهاتيك القوارير الناعمات، اللاتي لم يعرفن خشونة العيش قطُّ. وانتهى هذا التنازع إلى غلبة الوازع الدنيوي، فلا بد أن تلد هناء ولدًا ذَكَرًا بأية حال!

•••

وولدت هناء ولدًا ذَكَرًا، فتصايح أقارب زوجها بأن أمها دَسَّتْ في فراش الوضع غلامًا، وذهب بعضهم إلى أن الأم الشابة لم تلد، بل لم تحمل، وأن هذا الطفل الغلام دَسَّتْهُ أمها في فراشها للاستيلاء على الوقف وريعه!
ورفع هؤلاء الأقارب الأمر إلى القضاء ليحكم بأن الطفل ليس ابنًا لعبدُه عاكف، فلا حق لبناته في وقف جدهن؛ إذ ليس لهن أخ يُعصِّبهنَّ ويَعْصِمهُنَّ من فقر مُدْقِع!
وسمع القضاء الدعوى، فلم يأذن بما طلبه أقارب الزوج المتوفى، من تحليل دم الغلام الطفل، وتحليل دم أخواته البنات، والمقارنة بين هذه التحاليل. وسبب رفضه هذا الطلب بأن تكوين الدم قد تتغير طبيعته على السنين بتغير أحوال الصحة والمرض، وبتقدم السن. وعلى ذلك قضى بأن الولد للفراش، وأن «عادل» — فكذلك سمت هناء ابنها — ابن شرعي لعبده عاكف!
وقال أقارب الزوج يومئذ: إن القضاة غلبهم بِرُّهم ورحمتهم بتلك الصغيرات المحتاجات إلى الأخ العاصب؛ ليظل إيراد الوقف لهن ولأمهن.
وكذلك ثبت للبنات حقهن في العيش الرخيِّ الكريم.
واغتبطت هناء، واغتبطت أمها، لهذا الحُكم، وصار «عادل» موضع إعزازهما الذي لا حد له، وموضع إشفاقهما كذلك أن يصيبه مكروه يُضيع على البنات الأربع مورد رزقهن. لذلك كانتا تتناوبان العناية به والسهر عليه، ولا ترضيان أن تدعاه إلى مرضع أو مربية، خشية الأقارب الذين طمعوا في الوقف، وقاضوا الأم للاستيلاء عليه ... أن يعملوا على اختفاء الطفل، أو على موته!
وبالغت هناء في إعزاز عادل، مبالغة تجاوزت حتى جنون الأمومة، ودهش لهذه العناية من كانوا يقسمون إنه ليس ابنها، وإن أمها دسته في فراش وضعها، وكأنما نسوا أنه لم يكن ابن أحشائها حقًّا، فإنه الروح والحياة لهاتيك البنات الأربع، اللاتي يصبحن لولاه في حكم المعدومات، فيعشن عيشًا خشنًا، لم تألفه هناء حياتَها، ولم يدر بخاطرها في يوم من الأيام أن يكون نصيب ذريتها!
وهل تراها، لولا الرجاء في رغد الحياة ونعمائها، كانت ترضى أن تتزوج عبده عاكف؟
صحيح أنها كانت تحبه، لأنه كان مهذبًا ورقيقًا، لكنها تحبه كذلك ليساره، فلا تخشى خشونة عيش لها ولا لذريتها في كنفه.

•••

وبدأ الغلام يكبر بعين أمه، وأكبر همها أن تجعل منه، وهو الذي يشتبه بعضهم في نسبه، رجلًا جديرًا باسم زوجها وبها. بل لقد طمعت حين توسمت في عينيه بريق الذكاء، في أن تراه يومًا عظيمًا يشار إليه بالبنان؛ لذلك لم تضنَّ لحسن تربيته بشيء: كانت تُلبسه منذ صباه الباكر أحسن ملبس، فلما آن له أن يذهب إلى المدرسة اختارت له أحسن مدرسة في العاصمة، واختارت له كذلك مُربية تشرف على تعليمه وتنشئته، ثم إنها عَوَّدت أخواته البنات على أن يَنظرْنَ إليه نظرة إكرام وإعزاز، طامعةً أن يزيد ذلك في نفسه محبتهن، وفي نفوسهن محبته، وأن تجعل منه ومنهن أكرم أسرة تعتز بها كهولتها، ويخلد بها اسم الرجل الذي أحبته، والذي غاله الموت وهو في عنفوانه!
وكان الغلام في بوادر نشأته رقيقًا؛ لأنه كان الذَّكَر الوحيد بين إناث ست: أخواته الأربع وأمه وجدته، لكنه ما لبث حين اختلط بالتلاميذ في المدرسة أن زايلته هذه النعومة، وأن حلت محلها خشونة لا تخلو من عنف. ولم تكن أمه عنيفة ولم يكن أبوه عنيفًا، وبلغ من عنفه حين بدأ يحس بقوة عضلاته أن تبدلت معاملته لأخواته، وإن لم تتغير معاملتهن له، فكان يقسو بهن، وكان يرفع يده أحيانًا عليهن، وكان يضطر الأمَّ للتدخل أحيانًا بينه وبينهن.

ولم تكن هناء تضيق بعنف عادل، أو تزيد في تدخلها بينه وبين أخواته، على مألوف ما تبذله الأم من نصح يشوبه العطف والحنان.
وكانت تلتمس له من العذر أن يتخطى الصبا إلى الشباب إيذانًا بإقبال الرجولة، فكانت تنسب إلى طيش الشباب كل ما يقع منه، وكان لها عذرها عن هذا التسامح معه. فلو أنه لم يكن ابنها الذي أنجبته من لحمها ودمها فهو ابنها الذي ضمته إلى صدرها رضيعًا، ثم أنشأته من يومئذٍ إنشاء ربط بينه وبينها بمثل رابطة البنوة والأمومة!
ونحن نحب كل ما نربيه من أعماق نفوسنا وحبات قلوبنا. وعادل — إلى ذلك — هو وارث عبده عاكف، وهو الذي عصمها وعصم بناتها الأربع من مَتْرَبةٍ ما كان أفظع شبحها يوم توفي زوجها، ويوم خُيِّل إليها أن الغد يخبئ لها عَيْلة إن تحققتْ ناءت بها، وأفسدت عليها كل حياتها!
ولم يقف عنف عادل وطيش شبابه عند القسوة بأخواته، بل بدأ هذا الطيش يصرفه عن دراسته، فيؤدي ذلك إلى رسوبه في امتحاناته، ويضيّع على هناء أملها في أن تراه رجلًا عظيمًا. لكنها بقيت مع ذلك شديدة البِر والعطف عليه، ترى فيه رب البيت، والوارث لاسم أبيه، ولوقف عاكف بك.
وأخذت نزوات عادل تزداد، وتدفعه إلى ألوان من الطيش، كانت هناء تحتملها في صبر وسكون، وتدعو الله أن يكفي ابنها شر أولاد الحرام من الجنسين. لكنها ضاقت ذرعًا بهذا الطيش، حين علمت أن عادل يجتمع بطائفة من أقارب زوجها، ويلهو معهم. ولم يكن ضيقها بما ينفقه في هذه الاجتماعات، بل كانت تخشى أن يتخذ أقارب زوجها من اجتماعهم بعادل وسيلة لإفساده عليها وعلى بناتها.
وبناتها في سن الزواج، وهن في حاجة ليتزوجن إلى عطف أخيهن ورعايته وحُسن سمعته!
وفكرت هناء في الأمر طويلًا، كما فكرت في انصراف ابنها عن دراسته، فرأت أن تبعث به إلى أوروبا، ليتم الدراسة بعيدًا عن أقارب زوجها، ولتُزَوِّج هي بناتها في أثناء غيابه، وتُجهزهن الجهاز الواجب لمثيلاتهن!
واغتبط الفتى بهذا السفر، لا حرصًا على النجاح في دراسته، بل لما تخيله في أوروبا من ألوان المتاع التي ترضي نزق شبابه، بعيدًا عن رقابة أمه. وكان أكبر همه منذ استقر في أوروبا، بالمدينة التي قبلته مدرستُها، أن يحصل من أمه على أكبر قسط من المال، يُرضي نزوات طيشه. أما المدرسة فكانت عنده أمرًا ثانويًّا، كل غايته منه أنه حجة لبقائه بعيدًا عن كل رقابة.
وأرخى الفتى العنان لنزغ الشيطان، وجعل ينفق عن سعة في ألوان من اللهو الظاهر والخفي، ليبدو أمام زملائه وصديقاته في مظهر الغَنِيِّ المُتْرَف المطمئن إلى غده، المستغني عن كل عمل يحصل منه على رزقه!
وما حاجته أن يعنِّيَ نفسه، للحصول على درجة علمية، وقد أنبأه أقارب أبيه بأن الوقف يكفل له عيش الترف الذي يطمع فيه. وأنه متى بلغ رشده أصبح المتصرّف في هذا الوقف بما يهوى، يعطي أخواته البنات كفافهن، ويبعثر الذي يبقى بغير حسيب ولا رقيب!
ولم يبق بينه وبين سن الرشد غير سنة وبعض السنة، ثم يكون بعد ذلك السيدَ الذي لا يراقبه أحد، ولا يحاسبه أحد!
وإنه لسادِرٌ في ملاذه وأهوائه، إذ جاءته من مصر رسالة أزعجته عما هو فيه؛ فقد جاء فيها أن أمه تستدين على إيراد الوقف استدانة تكاد تستغرق هذا الإيراد لسنوات عدة مقبلة، وأن مستقبله يقتضيه أن يعود إلى مصر محافظةً على ماله، فإنْ فعل وبدا له بعد ذلك أن يرجع إلى أوروبا، فالشأن شأنه.

أما أن يغفل الأمر فسيجد نفسه عما قليل مستغرقًا في الدين. وذكر صاحب الرسالة أنه على استعداد لمعاونته في إنقاذ الوقف جهد المستطاع!
وكان صاحب الرسالة أحد الأقارب الذين قاضوا هناء حين مولد عادل، منكرين نسبه لأمه، فلا حق له مِن ثَمَّ في الوقف. ولم يفطن عادل إلى ما لعلَّ صاحب الرسالة يريده من انتقام من هناء؛ لأن جزع الفتى على ألَّا يجد المال الذي يرضي أهواء شبابه، أنساه التفكير في كل شيء، غير المال وما يتجه له من متاع!
وكتب إلى أمه يريد العودة إلى مصر، فلم تلبث حين تلقت خطابه أن بعثت إليه بنفقة العودة، مغتبطة بها، ظنًّا منها أن عادل سئم أوروبا لأنه لم ينجح في دارسته، واقتناعًا منها بأنه متى عاد استطاعت توجيهه في الحياة، توجيهًا ينفعه وينفع الأسرة كلها!

•••

لم يلبث عادل — حين بلغ القاهرة — أن ذكر لأمه أنه يريد أن يتولى إدارة الوقف بنفسه، وأن يعرف حساب الوقف وما له وما عليه. ودهشت الأم لما طلب، وخيل إليها أنها تستطيع برقتها وحنانها أن ترده إلى حِمى البنوة المطواع. وأغدقت عليه من هذا الحنان وهذه الرقة ما يمتلئ به صدرها الذي لا ينضب مَعِين عطفه. لكنه أصر على أنها إن لم تجبه إلى طلبه استعان عليها بأقارب أبيه، وذَكَّرها بأنه قارب سن الرشد، وبأنه صاحب الوقف والمتصرِّف المطلق في إيراده، فإن لم تنزل على إرادته اليوم، فستنزل عليها بحكم القانون عما قليل، ويومئذ يفقد أخواتُه البنات عطفَه عليهن بسببها، ويحاسبها الحساب العسير عن إدارة الوقف كل هذه السنين.
سمعت الأم المسكينة هذا الكلام فأفزعها، وعادت بذاكرتها إلى يوم زهوها بأنها أنجبت هذا الغلام، وكفلت بمولده مستقبل بناتها، ونشرت أمام بصيرتها ما احتملت عشرين عامًا حسومًا، منذ مولده إلى اليوم الذي وَجَّه فيه هذا الإنذار! ذكرت مقاضاة أقارب أبيه إياها وهو ما يزال في قماطه، وما كانت نفسها تضطرب به إذ ذاك من مخاوف لم تكن خسارة الدعوى أيسرها. فلو أن القضاء لم يحكم ببنوة عادل لعبدُه عاكف، لَتعرضت من قالة الناس لأضعاف ما تعرضت له، ولتعرضت أكثر من ذلك لبأس قانون العقوبات وصرامته. ثم ذكرت حدبها عليه، ورعايتها إياه طفلًا، بأكثر مما ترعى أيُّ أم ابنها؛ لأنها كانت ترعى فيه أخواته البنات كذلك. وذكرت ليالي سَهَرِها إلى جانب سريره مريضًا، وهي في حيرة وقلق تأخذ المخاوف بخناقها، إشفاقًا عليه وعلى أخواته. وذكرت من دقائق ما احتملت في سبيل تربيته وتعليمه طوال هذه السنوات العشرين، ما أثار دهشتها!
كيف سولت له نفسه، بعد هذا كله أن يخاطبها باللهجة التي خاطبها بها؟ ولو أن وقف عاكف بك لم يضع في يده كل هذا السلطان، لرعى في حقها حرمة الأمومة، أو حرمة التربية على الأقل!

•••

استدار العام وبلغ عادل رُشده، فلم يبطئ أن رَفَعَ الدعوى على أمه يطلب تَسلُّم الوقف، وتقديمها الحساب عن سني إدارتها. وتسلمت هناء إعلان الدعوى، فتولتها الحيرة أي موقف تقفه منها:
أتستسلم وتسلم الوقف لابنها مقابل إقراره حسابها؟ ولكن هَبْهُ رفض بتأثير أقارب أبيه، وذَكَرَ في المحكمة ما عرضَتْه عليه، أفلا يُضعف ذلك مركزَها أمام القضاء؟ وهَبْهُ قَبِلَ وتَسلَّم الوقف، واستولى على إيراده، ثم لم يُعْطِها ولم يعط أخواته ما يكفل لهن العيش الكريم، أفتقاضيه يومئذ؟

وأدت بها هذه الحيرةُ إلى ثورة نفسية، قالت على أثرها فيما بينها وبين نفسها: وما لي لا أقف منه اليوم ما وقفتُ من أقارب أبيه بالأمس ... فأناضل عن بناتي، وهن أشد اليوم حاجة إلى نضالي عنهن بالأمس، والقدر الذي أنصفني بالأمس سينصفني إلى شاء الله غدًا، وسينصرني على هذا العاق، الذي جحد كل حق للحنان، وللعطف وللتربية، وللأمومة؟

واستشارت محاميها، فأقرها على رأيها. فلما كان موعد نظر الدعوى، طلب إلى المحكمة أن تأمر بضم دعوى النسب التي رُفِعَتْ على هناء، فأنكر بعضهم فيها نسب عادل إلى أبيه. وأجاب القضاء هذا الطلب، وقدمت هناء الحساب عما أنفقت على عادل وعلى أخواته طوال هذه السنين. ودهش القضاة حينما اطلعوا على ملف دعوى النسب، وتساءلوا فيما بينهم: أكان عادل يقف من هناء هذا الموقف لو أنه كان ابنها حقًّا؟ لكن القضاء حكم من قبل بثبوت نسبه لأبيه حكمًا لا سبيل إلى إعادة النظر فيه. وهناء قد بذلت من حنانها وروحها، لهذا الذي جَحَد فَضْلَها، وكَفَرَ بنعمتها، ما يجعلها جديرة بكل عطف. لكن لعادل في الوقف حقًّا لا يستطيع أحد إنكاره، والقضاة يستطيعون اعتماد الحساب الذي قدمته أمه، فأما إن تسلَّم الوقف وأساء معاملة أخواته، فماذا يكون مآلهن؟

ازداد القضاة حيرة حين علموا أن عادل هجر بيت أمه، من يوم أن بلغ رشده، ووقف منها موقف خصومة عنيفة، أعانه عليها أقارب أبيه، الذين أنكروا من قبل بنوته.

فماذا يفعل هؤلاء القضاة ليكون حكمهم عدلًا بين الجميع، محققًا مصلحة الجميع؟

وتحدث الناس وقتئذٍ إلى أن المُشرّع يعتزم إلغاء الوقف الأهلي، ليمنع عبث العابثين بأحكام الشرع في الميراث والوصية. ورأى القضاة فيما سمعوا متنفسًا لهم، فأجَّلُوا دعوى عادل ثم أجلوها، حتى صدر قانون بإلغاء الوقف الأهلي. وعند ذلك أصدروا حكمهم، باعتبار ما آل من الوقوف إلى عبده عاكف تركةً تُقسَّم بين أولاده جميعًا، وتَرِثُه فيها زوجته. أصدروا هذا الحكم وكانوا يودون لو استطاعوا حرمان هذا العاق أمه من كل التركة، لكن الحكم الأول بثبوت نسبه جعل ذلك مستحيلًا.

واغتبطت هناء بهذا الحكم، واطمأنت به على مستقبل بناتها، لكنها بقيت حاقدة على هذا الابن، الذي نسي كل بِرّها وحنانها، وحاول أن يستأثر دون أخواته بوقف حرَّم ما أحل الله، ونقض ما أثبت كتاب الله!

ولم تكن هناء تأبى حين يجري حديث حياتها مع عادل أن تقول: «إني أكرهه، ولكن العرق دساس!»

عرق مَنْ؟! وهل كرهت أمُّ ابنَها من أجل بناتها؟! أم «إنَّ من ... وأولادكم عدوًّا لكم فاحذروهم.»

المالك الأجير

كنت أعرف الشيخ (حسان) ولي جارًا لنا يسكن في قرية قريبة من كفرنا في الشرقية، وكان له ما يقرب من الفدان يزرعه ويعيش منه، فكنت وأنا صغير أخرج مع أخي أو ابن عمي فنسير في الحقول حتى نبلغ أرض هذا الجار فنقعد عند ساقية كان يسقي منها زرعه ونتحادث معه في شئون شتى. وكان حول الساقية حرجة من الأشجار المتكاثفة من السنط والجميز، وكان لها ظل سابغ إذا بلغناه قعدنا فيه وارتوينا بجرعات الماء نحمله بأيدينا من قناة الساقية إلى أفواهنا.
وكان الشيخ (حسان) فوق الخمسين معروق الوجه قليل شعر اللحية آدم اللون، وكان يقعد أحيانًا معنا يحدثنا عن كل شيء يخطر في باله، وكان إذا تكلم نكت الأرض بعصاه وابتسم وأبرقت أساريره، فنرى في وجهه بشاشة حلوة نأنس بها.
ولم يكن حديثه يلذ لنا كثيرًا لأنه كان يتكلم على الدوام عن الزراعة والغلات، وهذه كلها لم نكن في سننا تلك نأبه لها، وإنما كنا نحب منه تلك الأنسة التي كان يلقانا بها وأيضًا ذلك الخيار أو القثاء الطازجة يقطعها من أرضه ويقدمها لنا.
وكانت هذه الساقية وما حولها من الأشجار والشيخ (حسان) وأولاده وما انطبع على وجوههم من هناء العيش وطمأنينة الحياة كلها كانت تجذبنا، فلا يكاد يمر علينا يوم بالكَفر إلا ونزورها.
وشببنا ودخلنا المدارس واغتربنا بعضُنا في القاهرة وبعضنا في المدن الأخرى، فكنت لا أذكر أيام صباي وحلاوتها إلا مقرونة بساقية الشيخ (حسان) وتلك الساعات التي قضيناها في ظلال أشجارها، وما كنت أنسى وأنا أزور الكَفر زيارة الشيخ (حسان) فأقعد معه وأحاوره في الزراعة التي صرت أفهم فيه شيئًا، وإن كانت «الدورة الزراعية» لم تكن قد وضحت بعدُ في ذهني مع أني كنت قد جزت الخامسة عشرة. فكنت أحرص على ألَّا يظهر جهلي بها أمام أحد الفلاحين.
وحدث وأنا حول العشرين أني زرت الشيخ (حسان) فألفيت الأحوال قد حالت، وما كنت أراه من طمأنينة في وجوه العائلة وانبساط وأنسة في كلام الشيخ (حسان) قد تبدل كله شيئًا من الكآبة والصمت والشكوى.
فاستوضحته عن حقيقة شكواه فأخبرني، وهو يحيل كل شيء إلى إرادة الله: أن أرضه مرهونة وأن قيمة الرهن كبيرة تبلغ نحو ٨٠ جنيهًا، وأنه يلقى صعوبات كثيرة في دفع القسط، ولكنه يعتمد على الله في وفاء الدين وتخليص الأرض، وكان يروى لي قصة الدَّيْنِ وهو ينظر إلى الأرض ينكتها بعصاه على عادته، وتبين لي من هذه القصة أن أرض الشيخ (حسان) كانت في الأصل غير مربعة تستطيل قليلًا ثم يدخل طرفها في أرض الجار، وكان يحلم على الدوام بادِّخَارِ شيء من المال لكي يشتري بضعة قراريط ويدفع عوضًا للجار فتصير العشرين القيراط التي معه نحو ثمانية وعشرين قيراطًا مربعة. وادَّخَرَ بالفعل مقدارًا من المال وشرع في مفاوضة جاره في شراء ثمانية قراريط منه وفي عمل الاستبدالات اللازمة لكى تصير القطعة مربعة. ولكن الثمن لم يكن كله حاضرًا فاحتاج إلى الاقتراض من بنك فريد أحد المرابين في المدينة.
وكان فريد هذا مرابيًا معروفًا في المدينة، فلما ذكر اسمه التفت إليَّ ابن الشيخ (حسان) وكان يُدعى محمودًا وكان في سني تقريبًا وقال:
- أنا حذرته منه يا أفندي، والله العظيم أنا حذرته منه

قال هذا وزفر زفرة تشبه التأوُّه.
فقال الشيخ (حسان) وهو يرد على ابنه أكثر مما يروي لي:
- لما قلت نعمل القطعة مربعة كلكم وافقتوني، حد منكم قال لأ؟ الدين ده أصله إيه؟ أنا عشت بعشرين قيراط وطول عمري أنتم اللي طمعتم.
ورأيت المحاورة بين الأب والابن توشك أن تحتدم وكل منهما يتهم الآخر بالطمع وبأنه السبب في الدَّيْنِ، فهونت عليهما وارتجلت لهما حسابًا يمكنهما من دفع القسط واستهلاك شيء من رأس المال كل عام، فلا تمضي ست أو سبع سنوات حتى تكون الأرض خالصة من الدَّيْنِ، فوافقني كلاهما معتمدين على الله وما يكتبه لهما في لوح القدر.
وتركتهما وفي نفسي كمد أفكر في طريقي وأنا عائد إلى الكفر، وأتأمل في هذا الشيخ الذي كنت أتمثل السعادة الريفية فيه وأذكر قناة ساقيته بمائها الصافي والظل الوارف الذي تسبغه الأشجار عليها كأنها لازمة من لوازم السعادة. وأذكر البشاشة التي كانت تكسو وجهه كيف تبدلت الآن همًّا عظيمًا يأخذ عليه مسالك تفكيره ويملأ حياته نكدًا ونغاصة، ما كان أسعده وهو في تلك العشرين القيراط وإن لم تكن في ذلك الوقت مربعة، وما أشقاه الآن بهموم الدين ولو أن القطعة مربعة وتبلغ ثمانية وعشرين قيراطًا.
والحق أني تمنيت لهذا المسكين أمنية خالصة أن يخلص من دينه ويعود إلى حياته الساذجة وأن يفرغ من هذه الهموم التي طرأت عليه في شيخوخته وسوَّدت عليه أيامه.
واغتربت أنا عن الكفر نحو ست سنوات عدت بعدها إليه، فما كان أشد استغرابي وألمي عندما سمعت أن الشيخ (حسان) ولي وأولاده قد انتقلوا إلى كفرنا بعد أن بيعت أرضهم وبيع بيتهم في القرية المجاورة، وأنهم الآن يشتغلون بالأجرة، وكانت خلاصة ذلك أنهم لم يقدروا على دفع الدَّيْنِ فبيعت الأرض فلم تفِ بالدين فبيع البيت أيضًا.
هذه هي خلاصة القصة التي رواها لي أهل كفرنا، ولكني أردت أن أستقيها من مَعِينِهَا الأصلي، فانتهزت فرصة وجود الشيخ (حسان) بالغيط وخرجت لكي أقعد معه قليلًا وأهون عليه هذه الحالة الجديدة التي ألقاه فيها القدر.. ولكن ما أشد ما كانت دهشتي عندما رأيت الشيخ (حسان) قد عادت إليه بشاشته ووجهه متهلل ينبسط في الحديث ويروي ماضيه رواية موضوعية كأن لا شأن له في وقائعها.. فذكرت حاله هذه بحالِه تلك عندما زرته عند الساقية وهو مثقل بالدَّيْنِ مشتت الفكر حائر في كيفية دفعه فقلت في نفسي:
- هذا هو برد اليقين تطمئن إليه النفس بعد هموم الحيرة، فإن المصيبة مهما ثقلت وفدحت أهون على النفس عند التحقق من وقوعها مما هي عند الشك في وقوعها والنجاة منها.
وقعدت أمامه على العشب أغذي عيني من هيئته الساذجة واستسلامه لحكم الأقدار، وكانت عصاه معه ينكت بها الأرض وساقاه عاريتين إلى الرُّكَبِ وعروقهما بارزة.. أما وجهه فلم يتغير عمَّا عهدته منذ صباي لولا أنَّ الشيب قد وخطه قليلًا وأسنانه الأمامية قد زالت إلا اثنتين ضلتا أخواتهما ووقفتا مفردتين معلَّقَتَيْنِ.
فأبديت شوقي لرؤيته وذكرت له أسفي عن فقدانه أرضه، فضحك ونظر إلى الأرض ونكتها بعصاه وقال:
- هيييه. طول العمر ليك، كلها فانية، واهو عمر ويفوت..
قلت وأنا أنظر إليه في حزن:
- ولكن أرضك يا شيخ (حسان) كانت جيدة وغلتها كبيرة، وكان يمكنك دفع الأقساط كلها..

فقال وقد بدأت الحسرة تتسلل إلى نظراته:
- كان يمكنّي.. فعلاً.. لكن حصل غش وسرقوا منا الأرض، الله يجازيهم.
فلما ذكر الغش مالت نفسي إلى سماع القصة؛ لأن بيع الأرض لم يجرِ على الطرق المألوفة في مثل هذه الحالات: عجز عن الدفع ثم البيع، فسألته أن يحكي لى القصة من أولها.
فقال وهو ينظر إلى السماء:
- لما اشترينا الأرض استلفنا من بنك فريد ٤٠ جنيهًا ندفعها ٨٠ في خمس سنوات كل سنة ١٦ جنيهًا.. وكنا وقت التيسير ندفع القسط، وكان الكاتب رجلًا كلامه حلو لكن قلبه أسود، يرخي لنا الحبل ويطلب منَّا في مقابل ذلك شيئًا من الجبن والزبد.. وحصلت بيننا وبينه مودة فلم نطلب منه كتابة إيصالات..
فتجسم في ذهني نوع «الغش» الذي سرقوا به الأرض منه فقلت:
- ولِمَ لم تكتب إيصالًا؟
نكت الأرض بعصاه لقوة وقال متحسرًا:
- والله يا أفندي عمري ما كتبت إيصالات.. وظني أن الدنيا سلام وأمان.. ولكن بعد ثلاث سنوات جاءني إعلان دعوى بالدفع وفيه أنى متأخر لم أدفع شيئًا قط..
فوجئت بكلامه، وفكرت في أنه تعرض لعملية نصب فقلت:
- وماذا قلت في المحكمة؟
نظر إلى الفراغ وقال:
- أنا عمري ما دخلت محكمة، كنت أظن أن المحكمة واسعة والقاضي رجل شيخ يلبس عمامة كبيرة وأمامه كتاب الله يحلف عليه بالحق.. لكن لما دخلت لقيت واحد أفندي شاب صغير، كنت أفتكر في الأول إنه لما يشوفني سيشتمني ويقول لي: ليه ما دفعتش يا ابن الكلب؟ زي العساكر ما بتقول للفلاحين.. ولكن هو أول ما شافني تلطف وقال لي: يا عم. فارتحت ورجع لي نفسي وقلت له: أنا دفعت الأقساط كلها للكاتب فلان. وكان الكاتب جنبي، فسأله القاضي فأنكر وعرض على القاضي أنه يحلف اليمين..
وهنا تجسم في ذهني «غش» آخر وقع فيه هذا المسكين لأن اليمين قاطعة وتمنع السير في التحقيق فقلت:
- وهل حلف؟ وهل رضيت أن يحلف؟
فمد ساقه على العشب ورفع عصاه وقال:
- أنا قلت للقاضي: يحلف؟ إن كان يحلف يحلف. هو ودينه ومنه لله. وأمره القاضي أن يحلف فحلف بأسرع من البرق وأنكر كل شيء أخذه مني، وتشمرت أنا وبدأت أبين وأوضح، ولكن القاضي هنا قال لي: اسكت يا شيخ.. انت قبلت اليمين.. القضية انتهت.. قلت: قضية إيه يا حضرة القاضي؟ الساعة ابتدينا؟! ولكن كل كلامي كان غير مفيد، حكم علينا بالمبلغ والفوائد ورفضت الخروج ولكن الحاجب جاء وأخرجني.
قلت:
- وبعد ذلك؟
فمسح جبهته كأنه يمحو ذكرى قديمة مؤلمة، وتنهد ثم نظر إلى الأرض وعاد إلى نَكتها بعصاه وقال:

ـ بعد الحكم الحجز والعمدة يعين الخفراء على المحصول فيأكلوه، وارتباك في الإجراءات ارتباك حتى البيع، وأهو عمر ويفوت.

عبير وهيفاء

كانت لخاله بنتان! ربط الحب بينه وبين صغراهما بأوثق رباط، فتعاهدَا على أن يتوجَا هذا الحب بالزواج، واغتبطت «عبير» بهذا العهد، رغم ما كانت تعلمه من رقة حال ابن عمتها، لأنها كانت تلمح في بريق عينيه ذكاء، وفي نبرة صوته حزمًا، وفي حلو حديثه سحرًا ومنطقًا، فكانت تؤمن بأنه سيرتفع إلى مراكز سامية، ويرفعها معه إلى هذه المراكز.
وكان «فارس» من جانبه شديد الثقة بنفسه، وكانت نظرة عبير إليه تضاعف هذه الثقة عنده، وتضاعف من طموحه ليكون أهلًا لها، جديرًا بها. فلما بلغت الفتاة الثامنة عشرة من سِنها، خاطب زوجة خاله في خطبة «عبير» إلى أبيها فقالت له: لا أحسب خالك يضنُّ عليك بابنته، لكنه لا يرضى أن تحدثه في هذه الخِطبة، قبل أن تخطب أختها، فهي أكبر منها، ولا يجوز في عرف الناس أن تخطب الصغرى قبل أختها التي تكبرها!
وقَبِل فارس هذا الكلام على مضض، وإن طمأنه أن الأم ترحب بزواجه من ابنتها. ففي هذا الترحيب أمارة خير، ولا ضير عليه أن يصبر، وأن يرجو الله أن تُخطب الأخت الكبيرة في زمن وجيز!
وتعاقبت الأسابيع والشهور، وفارس في انتظاره على لظى. وإنه لكذلك، إذ علم أن «أسعد بك» ذهب إلى خاله يخطب ابنتيه لولديه!
وكان أسعد بك رجلًا وجيهًا من عِلية القوم، واسع الثراء، وكان ابناه شابين مهذبين حصلَا على مؤهلات علمية أعلى من مؤهلات فارس!
واضطرب فارس إذ بلغه هذا النبأ، وذهب لفوره إلى زوجة خاله، يسألها عن هذه الخطبة ورأي خاله فيها.
قالت الزوجة: أنت تعلم أننا معشر الأمهات قلَّ أن يكون لنا في مثل هذا الأمر رأي، فأما الرأي كله فللآباء، وقد ذكرت لخالك حين أنبأني أمس بحديث أسعد بك كلامَك معي منذ أشهر في شأن عبير.
فقال: أوَتُريدين أن تُمَيِّلي بَخْتَ ابنتك لعبارة طارئة كالتي أفضى بها إليك فارس؟ وهل تطمعين في أن يخطب بناتنا خير من أولاد أسعد بك، وهم مَن هم ثراء وتربية وعلمًا؟!
وماذا تريدينني أن أقول للرجل؟ أأقول له: إنني أقبل خطبة كبرى البنتين ولا أقبل خطبة أختها؛ لأن عبير تحب ابن عمتها؟ أوَتَحْسَبِينه يرضى بعد ذلك أن يصاهرنا؟ أم تَرَيْنه يحسب أن تربية بناتنا سيئة لأنهما يعرفان الحب؟ وعند ذلك ينصرف عنا، تاركًا للناس أن يقولوا فينا ما يشاءون. كلا! لن أقبل هذا الوضع لنفسي ولا لبناتي، وسأزوجهما من هذين الخطيبين الكريمين، فأنا المسئول عنهما وعن مستقبلهما، وأرجو منك ألَّا تخاطبيني في هذا الأمر مرة أخرى!
وأضافت أمُّ عبير، في لهجة رقيقة تواسي بها فارسا: وأنت يا بني، لا ريب تفرح لما يناله أختاك من خير، وأنا أعرف لك عروسًا أجمل من عبير، ستحبها ساعة تراها، فلا تبتئس، ولا يأخذ الضيق عليك مسالك نفسك!
وانصرف فارس كاسف البال آسفًا، وخُيل إليه أن باب هذا البيت يوشك أن يوصد دونه، فهو يعلم أن خاله رجل عنيف، وأنه إن خاطبه في أمر عبير، بعد أن خطبها أسعدُ بك لابنه، رده أقبح ردٍّ فأدى ذلك إلى القطيعة بينهما، وقد يؤدي إلى ألَّا يرى عبير بعد ذلك ما عاش!

•••

ودعا الأب ابنتيه، وقبّلَهما، وبارك لهما على خطبتهما لابني أسعد بك ... أما الكبرى فقبّلت أباها كما قبّلها، وافْتَرّ ثَغرُها عن ابتسامة المسرة والرضا. فأما عبير، فانهملت من عينيها دمعة حارة لدى سماعها هذا النبأ. وبعد برهة انسحبت من البهو الذي يجلسون فيه إلى غرفتها وأسلمت نفسها للبكاء، وخُيل إليها أن أباها يبيعها، كما كانت تباع الإماء في سوق الرقيق، وأن القدر كتب عليها أن تكون بائسة طوال حياتها، لكنها كانت موقنة أنها لن تستطيع لقرار أبيها نقضًا، ولن تستطيع عليه ثورة. فأبوها لا يقبل أن تعارضه زوجه، أو تعارضه إحدى ابنتيه، بل يرى في أية معارضة له عقوقًا وخروجًا على ما أدب أسرته به من أنه السيد المطاع، وأنهن جميعًا له تَبَع!

ودخلت عليها أمها وهي في بكائها وحزنها، وحاولت أن تقنعها بأن أباها أعلى منهن رأيًا، وأبعد نظرًا، وأنه أحرص على مستقبلهن من أنفسهن، فلا مفر لهن من قبول قضائه بالتسليم والرضا!

ولم تجب عبير بكلمة، ولم تَنبس ببِنت شفة. فلم يكن في مقدورها أن تتكلم والعبرات تخنقها، والهم قد جفف حَلْقها وأعجزها عن النطق!

وخرجت أمها بعد زمن حيرَى، وكل الذي دار بخاطرها أن حزن ابنتها طارئ لن يلبث عطفها أن يغرقه، ثم تغرقه هدايا خطيبها، ويغرقه بعد ذلك جهازها وفرح زواجها، وانتقالها إلى حياتها الجديدة!

لكن هذا الرجاء الذي خالج نفس الأم، وهون عليها حيرتها، لم يتحقق. فقد تشبث الهم بنفس عبير، وركبها حزن محَا عن ثغرها ابتسامته، ولم يخفف منه ما كان خطيبُها يبعث به إليها الحين بعد الحين من نفيس الهدايا. لقد شعرت بأنها كمٌّ مهمل، وبأن عواطفها ووجودها وحياتها لا رأي لها فيها، ولا قيمة لها عند أبيها. ورأت إلى ذلك أنها لا تستطيع أن تعترض أو تثور، فاحتقرت الحياة وما فيها، وانصرفت عن كل نعمائها، مكتفية بأن تلوك شجاها وهمها وليلها ونهارها! وأدى ذلك إلى فَقْدِ شهيتها للطعام، وإلى ذبول نضارتها، وإلى تَسرُّب المرض إلى نفسها ثم إلى جسمها، من غير أن يشعر بذلك المرض أحدٌ!

•••

كانت الأسرة كلها في شغل بالمصاهرة الجديدة، وبالهدايا الثمينة المتعاقبة، وبالحديث عن يوم الزفاف وما يكون فيه، وبهذا الجهاز القيم الذي كان الأب ينفق في اختياره ساعات من كل يوم، ولا يفكر مع ذلك في اصطحاب ابنتيه ليرياه أو يريا منه شيئًا. إنه مطمئن إلى حسن ذوقه، ودقيق اختياره، وإلى أنه لا يجوز أن يكون وراء رأيه معقِّب!

وبدأت علامات المرض تظهر على عبير، فقد بدأ ينتابها سعال خفيف، ظنه أبوها أول الأمر من أثر البرد، فلما طال بها، واستدعى الطبيب لعلاجها، ودقق في فحصها، أسرَّ إلى أبيها أن الأمر أخطر مما يدور بخاطره، وأن فتاته مصدورة، وأن الخير في نقلها إلى مصحة تُعنى بها!

ووجم الأب لما سمع، وطال تفكيره فيه، فقد أوشك الجهاز أن يتم، وأسعد بك يطلب مُلِحًّا في تحديد يوم الزفاف. فماذا تراه يصنع وعبير مريضة، ولا يمكن أن تزف إلى خطيبها قبل بُرئها؟

ولم يجد حلًّا لهذا الموقف إلا أن يذكر لأسعد بك مرض عبير، وإن لم يذكر له نوع المرض، ووجم أسعد بك طويلًا ثم قال: «هذا قضاء الله لا سلطان لنا عليه، والرأي عندي أن نتم زفاف ابنتك الكبرى إلى خطيبها، فهو أكثر إلحاحًا من أخيه في الإسراع بالزفاف. فإذا برئت عبير من بعد، زُفت هي الأخرى إلى خطيبها!»

واغتبط الأب بهذا الرأي، وتم زفاف كبرى البنتين، وانتقلت إلى بيتها. أما عبير فنقلت بعد أسابيع من فرح أختها إلى مصحة تُعالَج فيها من مرضها!

•••

وكان خطيبها، وكان فارس، يترددان عليها في المصحة، يواسيانها، ويسألان عن حالها. وكانت عبير تشعر كلما زارها خطيبها كابوسًا يجثم على صدرها يكاد يمزقه! فلم يكن منها غير أنات وسعال يخالط الكلمات القليلة المتقطعة التي تشكره بها على زيارته! فإذا جاء فارس عندها تراءى لها فيض من نور الأمل في الحياة، فابتسمت وتحدثت إليه مغتبطة بزيارته وسألته عن الكثير من أمره!

فإذا تصورت بعد ذلك مجيء خطيبها ذوى في نفسها كلُّ أمل، وخُيل إليها أن شبحين أسودين يحيطان بها: شبح الموت عن يسارها، وشبح هذا الخطيب عن يمينها!

وبعد أشهر، رأى الخطيب أثناءها أنها لا تتقدم إلى الشفاء، ذهب إلى طبيب المصحة يسأله رأيَه في حالها، ومتى يتم في تقديره شفاؤها؟ وهز الطبيب كتفه وقال: لا أستطيع أن أجيب عن هذا السؤال يا سيدي! فهذه المريضة عصبية الطبع، ولأعصابها تأثير بالغ في صحتها، فأنا أراها أحيانًا تتقدم ولو في بطء إلى ناحية الشفاء، ثم أراها فجأة انتكست، حتى أكاد أيأس من شفائها. وقد حاولت أن أستدرجها لأعرف شيئًا من قصة حياتها، لعلي أستطيع إن وقفت على سرها أن أنجح في علاجها، فكانت تأبى كل الإباء أن تفضي إليَّ بشيء. هذا على الرغم من حرصي الشديد على العناية بها، لرقتها وحلو طبعها ودماثة خلقها وسِحْر حديثها في الساعات التي يبتسم لها الأمل فيها. أما وذلك شأنها فمن العسير عليَّ أن أقول لك شيئًا عن سير مرضها، أو مبلغ تقدمها نحو الشفاء والعافية!

وعجب خطيبها لما سمع ... هي إذن تبتسم، لكنه لم ير قط هذه الابتسامة على ثغرها، وهي إذن تتحدث وفي حديثها رقة وحلاوة، لكنه لم يسمع غير كلماتها المتقطعة بين تأوهاتها ونوبات السعال التي تعتريها. والطبيب لا يستطيع أن يذكر شيئًا عن شفائها؛ أي إنها إن عاشت، فقد تبقى بالمصحة عامًا أو أعوامًا. أليس خيرًا أن يفصم العقدة التي تربطه بها، فتُتاح له الفرصة في الزواج من غيرها، وقد يتيح لها ذلك فرصة البرء والعود إلى الحياة من جديد؟!

وتحدث إلى أبيه وأبيها في الأمر، فلم يجدا ما يعترضان به عليه، وزارها أبوها يومًا، وقال لها مُتكلِّفًا اللطف والرقة: لقد فهمت يا ابنتي أن خطيبك يريد أن يتزوج، ولا أحسبك ترضين أن يخطب غيرك وأنت لا تزالين خطيبته؛ لذا أرى — إن كان مُصمِّمًا على هذا الأمر — أن نحل خطبتك له، وقد رأيت أن أعرف رأيك قبل أن أصرح لأبيه برأيي!

قالت عبير: «الرأي لك يا أبت، فاصنع ما بدا لك.» ولمح أبوها على وجهها إشراق المسرة وهي تقول هذا الكلام. فلما خرج من عندها، أخذ يسأل نفسه: أفكان قبوله خطبتها على غير رغبتها هو الذي أدَّى إلى مرضها هذا المرض العضال! وأخذ يحاسب نفسه ويستغفر ربه، ويرجو لها البرء بعد فَصْم خطبتها حتى لا يعذبه ضميره بقية حياته إن أصابها مكروه!

•••

بعد أيام من هذا الحديث، أقبل فارس إلى المصحة، ودخل عند عبير، وعيناه تفيضان سرورًا. فلما رأته أيقنت أن خطبتها تم فَصْمُها، فغلبها الفرح الذي غلب مُحِبَّها، ونطقت بذلك أساريرها. لكنها أرادت أن تداعب فارسا، فقالت: أراك اليوم مسرورًا بحل خطبتي شماتة! أوَذلكَ هو الحب الذي كنتَ تحدثني من قبل عنه؟!

وأُخِذَ فارس حين سمع هذا الكلام، فنظر إليها وكلُّه الإشفاق والمحبة، وقال: أوَتَرضى شفتاكِ أن تنطقا بمثل هذا الكلام ولو على سبيل الدعابة؟ أنا يا عبير أشمت بك أنت، وأنت حياتي وأعز من حياتي؟! إنما سُررت لحل خطبتك لأجدد لك عهدًا قطعناه أن يتوج الزواج حبنا، وإنني لعلى ثقة

اليوم بأن الشفاء قريب منا، وأن الله أراد أن يبلو حالي بما أصابنا، ليعلم أن للحب قدسية واجبة الاحترام. وهأنذا أقطع لك العهد من جديد، على أن نتزوج، أفتقطعين لي أنت مثل هذا العهد صادقة؟
وارتبكت الفتاة لما سمعت، وتولتها الحيرة دون الجواب. أفمن حقها أن تقطع مثل هذا العهد، والمرض العضال يعبث بصدرها، وفارس في صحة وفتوة شبابه؟ وبدا عليها من الوجوم ما أدهش فارسا، فقال: ما كنت أحسب عواطفك نحوي تغيرت بهذا القَدْر، بل حسبتك اغتبطت بحل خطبتك اغتباطي أنا بذلك، لنعود إلى عهدنا الأول.
ونظرت إليه عبير بعينين ترقرقت فيهما دمعة لم تنحدر، وقالت: أفمن حق مثلي أن يقطع اليوم مثل هذا العهد؟ أنتَ لا تعلم، وأنا لا أعلم، كم يطول مقامي هنا، وما يكون مصيري بعد هذا المقام، فكيف تطلب إليَّ أن أقطع عهدًا قد أعجزُ عن الوفاء به؟ ولولا هذا الشعور، لكنت أسرع منك إلى قطع هذا العهد. وكل ما أستطيع أن أقوله: «إنني أحببتك، وإنني أحبك، وإنني سأحبك ما بقيت في هذه الدنيا، وستحبك روحي حتى نلتقي في رحاب الآخرة، وفي رحمة الغفور الرحيم!»
وصاح فارس: «حسبي منكِ ذلك العهد. والغفور الرحيم رءوف بعباده، وأنا مُوقِن بأنه سيشفيك لي، فيُتَوِّجُ الزواج عهدنا غدًا، كما كنا نرجو أن يُتَوِّجَه بالأمس. لقد عاهدني قلبي يوم خطبتك لابن أسعد بك ألَّا يحب غيرَك، وألَّا تشركني في حياتي امرأة سواك. وقد وفَّى قلبي بعهده، وفتح الله أمامنا اليوم صفحة جديدة من صفحات الأمل في دوام الوفاء!»
وانصرف فارس من زيارته سعيدًا بها كل السعادة. ولم تلبث عبير حين خرج أن قامت إلى نضد زينتها، ونظرت إلى وجهها في المرآة، فاطمأنت إلى أن المرض لم يعبث بملامحها، وأن نظراتها أشد جاذبية مما كانت. فلما جن الليل، استراحت إلى أحلام لم تعرف مثلها حلاوة منذ أشهُر. ودخل الطبيب حجرتها صبح الغد، فألفاها تُغَنِّي، وألفى خَدَّيْها قد خالطهما تَوَرُّد كأنه تَوَرُّد العافية. ورأى على ثغرها ابتسامة ناضرة، فكأنما عاودتها صحتُها كاملة. وسُر بذلك وأخذ يحادثها. ولم تستطع هذه المرة أن تكتمه سرَّها، بل قالت له إن خطبتها حُلَّتْ، وأشارت في خفرٍ إلى حديث فارس معها أمس!
وخرج الطبيب من عندها يتردد بين الأمل في شفائها واليأس منه، فهو يعلم أن لا شيء أخطر على حياة المصدور من الانفعالات العنيفة، سواء أكان الحزن أم كان السرور مَبْعثها؟!
وكان الطبيب يرى انفعالها بالسرور يزداد عنفًا كلما جاء فارس لزيارتها، وفكَّر في منعه اتقاء الخطر، ثم لم يفعل مخافة أن يؤدي انقطاعُه عنها إلى نكسة تصيبها، تكون أسوأ في صحتها!
لكن انفعال عبير بالسرور كان يزداد على الأيام عنفًا، ذلك أنها لم تكن تفكر في أمر صحتها، بل كان ابتهاجها بالعهد الذي قطعه فارس لها أجلَّ قَدْرًا عندها من شفائها، بل من حياتها.
وأصبحت يومًا فإذا صَدْرُها يدفق دمًا، فيُلْزِمها الطبيب سريرها، ويبالغ في العناية بعلاجها، لكن الأمر كان قد خرج من يده، فلم ينجح العلاج. وفي الغد من ذلك اليوم أسلمت عبير روحها، في حضرة أبيها وأمها، وفي حضرة فارس الذي سبقهما إليها لأول ما بلغه نبأ ما أصابها، وقبل أن يحم قضاء الله فيها!
وقد رأته مُقْبِلًا وهي في نَزْعِها، فقالت في صوت لا يكاد يبين: وداعًا يا فارس! أنا على عهدي، ولكني أحلُّكَ من عهدك لي، فلا عهد على الأحياء للذين يفارقون الحياة!
وبكى فارس لوفاتها أحرَّ بكاء، وسار في جنازتها إلى قبرها، فلما رأى جثمانها ينزل إلى مثواه الأخير، قال والدموع تخنقه: وداعًا يا عبير، وأنا على عهدي لكِ حتى ألقاكِ!
وأقام فارس سنين متعاقبة، يذهب إلى قبرها صباح الجمعة من كل أسبوع، يضع عليه الورد والريحان، ويتلو عنده الفاتحة. ويعود بعد ذلك إلى بيته، وقد تحطم قلبه، وتحطمت أعصابه.

بعد سنوات، كانت هيفاء، قريبة عبير، قد أصابها القدر في أمها ثم أبيها. وكان فارس يعرف هذه الفتاة الرقيقة، وإن لم يكن يزورها أو يتردد على أهلها. وكان يعلم أنها، بموت أبويها، قد أصبحت وحيدة ليس لها مَنْ يَكْفُلها من أخ أو قريب. لذلك واساها في مُصابِها وفاءً لعبير قريبتها، وأخذ يتردد عليها، لعله يستطيع أن يؤدي لها أية خدمة تطلبها!

وكانت هيفاء مُحدِّثة بارعة. وقد أدهش فارسا ما كان من صوتها وصوت عبير من شَبَهٍ عجيب، حتى لكان يغمض عينيه أحيانًا، فيُخيل إليه أنه يسمع صوت تلك التي وُورِيَتِ التراب من سنين.

وكان تكوين هيفاء كله الإغراء: فقوامها، وصدرها، وخطواتها، وبشرتها، وشعرها المرسل من رأسها إلى قدميها ... كل ذلك كانت تتضوع منه أنوثة شابة تسحر العين، وينشق ريحها الأنف، في إعجاب يعادل إعجاب الأذن بصوتها، وإعجاب الروح برقتها ... رغم عصبيةٍ لا تخلو من عنف، كان فارس يلتمس عذرها في تلك الوحدة التي ضربت نطاقها حول هذه الفتاة البديعة التكوين!

وتَوَسَّمَتْ هيفاء في هذا الرجل — الذي واساها في مصابها، ثم عكف على زيارتها وخدمتها — طِيبةَ قلبٍ، وسُمُوَّ نفسٍ، حبباه إليها، وجعلاها تشعر بالسعادة كلما رأته مُقبِلًا لزيارتها. وسألت نفسها يومًا: «ترى لو أنه خطبني ليتزوجني، وبيني وبينه مِن فارق السن ما بيننا، أتراني أسعد بخطبته؟»

وكان الجواب الذي سَمِعَتْهُ أذناها ردًّا على سؤالها: «وهل يمنعه فارق السن من أن يُؤْنِس وحدتك ما عاش؟ إنه يتخطى الشباب إلى الكهولة، لكنكِ تعيشين الآن وكأنك في صومعة أو في دير. فإذا تزوجك خرجتِ إلى الدنيا ونعمت بالحياة.»

وتردد هذا الخاطر في نفسها غير مرة، فتمنت لو أنه خطبها. وهي لم تكن تستطيع مفاتحته في الأمر وإن كانت تتمناه. وكانت تظن فارسا لا يأبى التزوج منها إذا نُبِّه إلى خطبتها. فهو يعيش مثلها وحيدًا لا مؤنس له. تُرى لو أنها ذَكرت ما يدور بخاطرها لأحد معارفها، وطلبتْ إليها أن تُحدِّث فارسا فيه فما عسى أن يكون جوابه؟

وخاطبت هيفاء سيدة تعرفها وتعرف فارسا فيما دار بخاطرها، ولقيتِ السيدةُ فارسا وقالت له: إنك رجل تتخطى الشباب الآن إلى الكهولة، وأنت تتردد على هيفاء ترددًا أثار لَغَطَ الناس، رغم اطمئنانهم إلى رجحان عقلك، وحسن سيرتك. وهي شابة رقيقة مهذبة، وأحسبها تغتبط بزيارتك إياها. أفلا ترى أن تقطع الألسن عنك وعنها، بأن تخطبها إلى نفسها، فلا تجد هذه الألسنُ ما تتقول به عليك وعليها؟ وأكبر ظني أنها ترحب بك زوجًا لها. فإن شئت حدثتُها ونقلتُ إليك جوابها.

وجم فارس لما سمع، فلم يَدُرْ بخاطره قطُّ أن يتزوج هيفاء وبينهما فارقُ السن ما بينهما، وهو بعدُ قد جاوز سن الزواج ولا يُفَكِّر فيه. وبعد برهة قال ولا تزال الحيرة تعلو وجهه: أنا أخطب هيفاء؟! أترينني يا سيدتي كفؤًا لها، أو قديرًا وأنا في هذه السن على إسعادها؟ إن لها من الاحترام في قلبي، ومن المكانة في نفسي، ما أخشى أن تَجني عليه رابطة الزواج. هي مني بمثابة الأخت الكريمة وأنا لذلك في خدمتها. أما أن أتزوجها فذلك ما لم يرد إلى خاطري، وما لم أفكر فيه!

وأجابت السيدة: «ليست هيفاء بالطفلة الغريرة التي لا تعرف ما تريد، فإنْ هي وافقتْ على الزواج منك، لم يكن لوساوسك موضِعٌ، وأكبر ظني أن يُسعِد اللهُ كلًّا منكما بصاحبه، وفارقُ السن بينكما لا يحول دون سعادتكما زوجين كريمين عزيزين. أما ولم تفكر أنتَ في الأمر من قبل، فإني أَدَعُكَ الآن لأعود إليك بعد غدٍ فأسمع كلمتك، وأرجو الله أن يُكلِّل مسعاي بالنجاح!»

وغادرت السيدة فارسا وتركته لنفسه. وأخذ هو يفكر في هذا الأمر، الذي لم يفكر في مثله، منذ اختارت عبير جوار رَبِّها، وحين عاهد جثمانَها ساعة نزلت إلى قبرها أن يَظَلَّ على عهده لها حتى

يلقاها، ولم يمنعه هذا العهد من التفكير فيما حدثته السيدة عنه من أمر هيفاء وخطبتها، وكأنما تُنسي السنون العهودَ، إذا لم يذكر بها من قطعت لهم، حتى لا يبتلعها النسيان في لجته!

وفيما هو يفكر، ارتسمت هيفاء أمام بصره وبصيرته، وداعب صوتها سمعه، وبدت وكلها الإغراء الذي لا يقاوم. فلما أرخى الليل سدوله، قضى فارس ليلة نابغية، ساورت غفواته في أثنائها أحلام مضطربة، كان يبدو خلالها أحيانًا قبر عبير، ثم تبدو خلالها هيفاء، في رقتها وإغرائها. وفي واحد من هذه الأحايين، اختلط عليه الأمر، فبدا لوهمه قبر عبير وقد نقشت عليه كلمة «هيفاء». فلما أصبح وكان ذلك يوم جمعة، مر ببائع الأزهار فابتاع منه وردًا وريحانًا، ذهب بهما إلى المقابر، فوضعهما على قبر عبير، وقرأ الفاتحة عنده.

وفيما هو يتأهب للخروج، وكأنما يودع القبر الوداع الأخير، سمع القارئ يتلو: وَأَوْفُوا بِالْعَهْدِ إِنَّ الْعَهْدَ كَانَ مَسْئُولًا. عند ذلك ارتد إلى ناحية القبر وهو يقول: «صدق الله العظيم ... لقد عاهدتك يا عبير، ولن أنكث العهد، ولن أخونك من أجل هيفاء!»

ومرت السيدة الغداة لتسمع جوابه عما اقترحتْ عليه، فقال لها: إن الرجل الجدير بأن يتزوج هيفاء لم يُخلق بعد!

وبعد الظهر من ذلك اليوم، ذهب فارس إلى دار هيفاء، وقال لها: إني مسافر سفرًا أخشى أن يطول، وقد جئت أستودعك الله، فوداعًا!

ووَدَّعَتْه وانصرف عنها، ومن يومئذ انقطع عن زيارتها!

تركت قصة فارس هذه مع هيفاء أثرًا أقنع الرجل بأن صحبة الناس وصحبة النساء خاصة لا تخلو من خطر، وأن الوحدة عبادة حقًّا. فاختار سكنًا على حافة الصحراء به حديقة، واتخذ من الدواجن، ومن الحيوانات الصغيرة الأليفة أصدقاء عَمَّروا هذه الحديقة، واستمتعوا بكل عواطفه ورعايته. واختار لخدمته وخدمة دواجنه وحيواناته طاهية متقدمة في السن، لها ابنة لم تبلغ العاشرة من سنها. وتوثقت الصلة بينه وبين هذه الدواجن والحيوانات الأليفة، واعتبر البنت واحدة منها، فأسبغ عليها من العطف ما كان يسبغه على زميلاتها العجماوات!

وانقضت سنوات أخرى وهو سعيد بوحدته وحيواناته، وإنه لفي منزله يومًا، إذ نعى الناعي «هيفاء» إليه، وأنها ستدفن بعد ظهر ذلك اليوم عذراء بتولًا. وسار في جنازتها، فلما بلغ المقابر، وجد عند قبرها سيدة واحدة تودع المتوفاة الوداع الأخير، تلك هي السيدة التي خاطبته يومًا في التزوج من هيفاء، فلما ذهب نحوها يحمل إليها عزاءه، نظرت إليه في عتاب، وقالت: إن المرأة الجديرة بأن تتزوج فارسا لم تُخلق بعدُ!

وأجابها فارس: بل خُلقت واختارها الله إلى جواره من زمن طويل.

رحم الله عبير، ويرحم الله هيفاء!

قدر هدى

كانت هدى في العشرين من سنها، حين زوجها أبوها من موظف صغير في الدرجة السابعة الكتابية، ولم تعرف هدى زوجها طارق فضل، حتى اجتمعت معه تحت سقف واحد، ومع ذلك اغتبطت بهذا الزواج وفاضت بها المسرة؛ لأن الزواج في نظرها غاية كل فتاة، كما أن الموت غاية كل حي، ولأن أمها توفيت، قبل عدة سنوات، فتزوج أبوها وأنجب من زوجته الثانية بنين وبنات، اختصهم بكل عطفه ... ولم يأب على زوجته أن تتخذ هدى معاونة لها في خدمة البيت، تطهو طعامه، وتتولى نظافته، وترعى أخواتها الأطفال، وتنفق ليلها ونهارها في تنفيذ أوامر زوجة أبيها.

وكم تمنت اليوم الذي تهب فيه نفسها لخدمة بيتها هي، لا لخدمة زوج أبيها وعيالها؛ لذا رأت في زواجها منقذًا لها من هذه الحياة الشاقة التي كانت تحياها، دون أن تجد من العطف والحنان، ما يعوضها عن قسوتها وشدتها.

وأعطت هدى زوجها كل قلبها، منذ اليوم الأول، ولم يكن ذلك لأنه وقع من نفسها ساعة رأته فعشقته لأول نظرة، بل لأنها رأت فيه يد القدر، التي انتشلتها من بأسائها، وفتحت به أمامها باب الأمل فيما يسمونه السعادة.

ولم يزعجها أن كان طارق موظفًا صغيرًا، وأن مُرَتَّبه الضئيل كان لا يكاد يكفيها العيش الخشن؛ فالصغير يكبر، وضيق العيش طارئ يزول بالجد والاجتهاد. فإذا هي جعلت من نفسها ومن بيتها جنة نعيم لهذا الموظف الصغير، فسيُمكِّنُه هذا من الجد في عمله، ومن إرضاء رؤسائه، ومن الترقي درجة بعد درجة. ويومئذ ينفرج الضيق وتعيش في بيتها أكثر رخاء مما كانت في بيت أبيها، بل إن هذا الرخاء المادي، الذي تعتقده اليوم فلا تجده، لَأيسرُ شأنًا عندها من طمأنينتها في قلب زوجها.

وبادلها زوجها منذ اشتركا في الحياة، حبًّا بحب، وإخلاصًا بإخلاص، وكيف لا يفعل وقد أتاحت له بمرتبه الضئيل ألوانًا من النعمة لم يكن يحلم بمثلها قبل زواجه، وجعلت من بيته سكنًا هانئًا، يغنيه بعد الفراغ من عمله عن كل ما سواه؟

ومَكَّنه بطبيعة الحال من التوفر على عمله في وظيفته، بما أرضى رؤساءه، وجعله بعد عام، أو أقل من عام، يطمع في الترقية إلى الدرجة السادسة!

•••

وتتابعت الشهور، وهدى تزداد كل يوم متاعًا بهذه الحياة الراضية المتواضعة، على أن سحابة من القلق بدأت تندس إلى نفسها حين قارب العام أن يستدير، ثم لم يتحقق رجاء أنوثتها! فقد كانت تتوقع أن يبشرها شهر من أشهر هذا العام بأمومة يطمئن لها زوجها، وتشعر معها بأن هذا البيت الصغير ستضيئه أنوار الطفولة البريئة، وتجعل منه مقر أسرة، وتسعد هي، ويسعد زوجها. فلما خذل تعاقب الشهور رجاءها، بدأ مرحها يخبو ضياؤه، وبدأ يرتسم على جبينها الجميل أثر القلق الذي ساورها.

ولاحظ زوجها همها وحدس سببه، فلما أفضى به إليها، انحدرت من عينها دمعة، تولاه الألم لمَسِيلها، فربتَ على كتفها بيدٍ كلها الحنان والحب، وقال لها: فيم تستعجلين يا عزيزتي؟ إنك تعلمين أن مُرَتبي لا يكاد يكفينا لولا حسن تدبيركِ وما تبذلين من جهدٍ لتبعثي إلى حياتنا ما نشعر به من نعمة ورضا، ولعل رحمة الله بنا هي التي أرادتْ ما أثار قلقكِ، وإني لأطمع في ترقيةٍ قريبة، تعاوننا

إذا رزقنا الله الخَلَف الذي ترتقبين، على العناية به وحسن تربيته، وأنت لا تزالين بعدُ في شبابك الباكر، فلا تجزعي واصبري، إن الله مع الصابرين.
وازداد طارق بعد هذا اليوم عطفًا على زوجته، مما أنساها قلق أنوثتها. وجاءت الترقية التي كان يطمع فيها، وأتاحت للزوجين شيئًا من سعة العيش، جعلت بيتهما الصغير أكثر ابتسامًا، وجعلت طارقا أكثر حرصًا على أن يؤنِس وحدة هدى فيه، ودفعته إلى مزيد من العناية بعمله في ديوانه، مما ضاعف رضا رؤسائه عنه، وتقريبهم إياه، ومما زادهم ثقة به، وزاده ثقة بنفسه.
وكان طارق يشعر في أعماقه شعورًا قويًا، بأن هدى صاحبة الفضل في هذا، ومما طوّع له تكريس كل وقته لعمله، وللبلوغ من إتقانه مبلغًا غبطه عليه كل زملائه.

•••

وانقضت على ترقية طارق سنوات أربع، يئست فيها هدى من أن تحمل وتلد، فاكتفت بما بينها وبين زوجها من حب لم تكن الأيام تزيده إلا عمقًا وإخلاصًا، وفي ختام السنوات الأربع رُقِّي طارق إلى الدرجة الخامسة، ونُقل من الكادر الكتابي إلى الكادر الفني، وأصبح منظورًا إليه نظرة تقدير خاص.
فلما صدر قانون إنصاف الموظفين، وزِيدت لهم علاوة غلاء المعيشة، قفز مرتبه قفزة واسعة، مَكَّنَتْهُ من الانتقال إلى بيت أحسن من البيت الذي تزوج فيه، ومكنت هدى من تأثيث البيت الجديد أثاثًا زاد الزوجين طمأنينة إلى الحياة ومتاعًا بها!
وخيِّل إلى هدى، وقد أصبحت في هذا الحال، أن من حقها لنفسها، ومن حق زوجها عليها، أن تعود إلى التفكير في أمر عُقْمِها؛ فقد عرفت من زميلاتها من بقيت مثلها سنوات عدة لم تحمل، ثم رزقها الله قرة عين بل قرة أعين، وفي مقدورها اليوم ما لم يكن في مقدورها بالأمس، في مقدورها أن تعرض نفسها على طبيب، وأن تنفق على العلاج، أفلا يجمل بها والحالة هذه أن تفاتح زوجها في الأمر، وهو لا ريب سيُقرّها، بل سيشجعها عليه!
وبعد تردد طال أمده، أفضت إلى طارق بخوالج نفسها، فكان جوابه: ربما كان العيب مني، ولست أريد أن أعرض نفسي على طبيب لمثل هذا الأمر المخجل، فلنترك أنفسنا لمشيئة الله، وهو — جَلَّتْ قدرته — قد وسَّع علينا في الرزق من حيث لم نكن نحتسب، وقد يكون في علمه أن يرزقنا من بعد ذلك البنين، فإن يكن ذلك فالشكر له والثناء عليه، وإلا يكن فالشكر له مرة أخرى، أن رفعني في أعين الناس إلى ما وصلتُ إليه، وأن جعلكِ بين النساء محمودة على ما أنت فيه من رخاء ونعمته!
أمسكت هدى بعد هذا الجواب عن مفاتحة زوجها في الموضوع كرة أخرى، لكن عبارته «أن أي عيب قد يكون من جانبه» جعلت تتردد في نفسها الحين بعد الحين، أوَلو كان هذا صحيحًا، أفلا يجب عليه — لنفسه ولها — أن يعالج نفسه؟ أم تراه عالَج نفسه في سرٍ منها فلم ينجح معه علاج؟!
وهَبْهُ لم يكن قد عرض نفسه على طبيب، أو أنه عرض نفسه على طبيب فتبين أن العيب لم يكن من جانبه، أفلا ينبغي أن تُفكر هي في أمرها؟!
لكنها لا تستطيع أن تفعل شيئًا في سرٍّ منه، فما لها لا تعيد الكرة عليه وقد تنتهي إلى إقناعه بما تريد؟
وأعادت الكرة، وألحَّتْ مستعطفة مستشفعة إياه بحبها وإخلاصها، إلى أن قال لها: «استئذني أباك، فإن أذن كنتُ عند ما تريدين!»
وذهبت هدى إلى بيت أبيها تستأذنه، فألفتْ لدى بابه إخوتها الأطفال يمرحون، هنالك رفعت رأسها إلى السماء تشكو إليها قسوة القدر، فلما دخلت ورأتها زوجةُ أبيها، سألتها في دهشة عما جاء بها! ثم نادت أطفالها وأدارت عليهم البخور من خوف حسدها! فلما رأت هدى ما فعلتْ، ترددت دون المُضي فيما جاءت فيه، وأرادت أن تعود أدراجها إلى منزلها، لكنَّ أباها حضر قبل أن تنفذ عزمها،

فذكرت له أن زوجها يريد أن يحدثه في شأن لم يُفْضِ به إليها، ورغبتْ إليه أن يحضر عندها غداة ذلك اليوم!
وخُيِّل إلى زوج أبيها أن خلافًا دبَّ بين هدى وطارق، فابتسمت عن رضا، ثم أومأتْ إلى زوجها قائلة: اذهب إليها لعل الله أن يهديهما وإلا فبيتُك بيتها، ونحن جميعًا في خدمتها!

•••

وذهب الأب في الغداة إلى بيت ابنته، قبل حضور زوجها من عمله، فلما رأته أفضت إليه بما دار بينها وبين زوجها في شأن حَمْلِها، فأجابها في حزم: وما لي أنا وذاك؟ ذلك شأنكما، تصرفًا فيه بما تشاءان.
وأدركت هدى أنه لا يريد أن يُصرح بالإذن لها، مخافة أن يطالبه زوجها بالاشتراك في نفقة علاجها، فأخذتْ تداوره، تريد أن تستدرجه إلى إذن صريح، وإنها لكذلك إذ أقبل زوجها، فبادره أبوها بعد التحية بقوله: ما حرصك على إذنٍ مني في أمر هو من شأنكما وحدكما؟ قال طارق: «ذلك أنني اليوم راضٍ بإرادة الله فينا، سواء كان العيب منها أو مني، وأخشى إن قرر الطب العيب مني أن تتنازعني نفسي إلى من يخلفني، برغم محبتي هدى أصدقَ الحب، ووفائي لها أصدق الوفاء، واعترافي الصريح بفضلها فيما بلغناه من رخاء ومكانة.»
وأسرعت هدى حين سمعت هذا الكلام، فقالت: أشكر لك يا عزيزي رقة عواطفك، وأعِدُك صادقةً أنه إن كان العيب منك فلن أتحول عن التفاني في محبتك، والعيش ما حييتُ سعيدة بعطفك وحمايتك، وإن كان العيب مني فأنتَ وما تشاء، ولا تثريب عليك إن هفت نفسك إلى من يخلد اسمك!
قال طارق: «أنت إذن وما تشائين، ولن أضن عليكِ في سبيل ما تريدين بما أطيق من نفقة!»
وانصرف الأب مطمئنًا إلى أنه لن يحمل في هذا الأمر عبئًا ما أحوج صغاره إليه!
وأثبت الطب أن طارقا لا عيب من جانبه، وأن هدى تحتاج إلى طويل الأمد. وأذعنت هدى لهذا القضاء، وأخذت تتردد على الطبيب فإذا انقضى شهر بعد شهر ولم تحمل، تولاها الضيق، وكاد يتولاها اليأس، برغم ما كان طارق يبذله من لطف بها، وتهوين للأمر على نفسها!
وكان طارق من جانبه يرجو أن ينجح العلاج، وأن يرزقه الله من يرثه، بعد أن أثبت الطب أن لا عيب من جانبه. وانقضى عامان كان تعاقُب شهورهما يزيد طارقا شعورًا بعبء ما ينفق في هذا السبيل، فكانت نفسه تهفو إلى نهاية هذه النفقة نهاية سعيدة، بحمل يطمئنه ويطمئن هدى معه. فلما لم يحقق الطب رجاءه، بعد أن تولاه الحرص على عقب يخلفه، دعا إليه حماه وقال له وهدى حاضرة: أنت تذكر يا عماه حديثنا منذ أكثر من عامين في أمر الخلف، وتذكر ما قلته وما قالته هدى، ومن يومئذ نزلتُ على إرادتها، وبذلت كل ما وَسِعَتْهُ طاقتي لتحقيق رجائها، لكن الطب عجز؛ لأن الله لم يشأ أن يكون لي عقب منها، ونحن الآن متزوجان من أكثر من عشر سنين، وأنا أحس — مع تقدم السن — بشدة الحاجة إلى من يعينني في شيخوختي، ومن يرثني يوم يختارني الله إليه ... وأنا ما أزال أحب هدى من أعماق نفسي، وقد صبرت هذه السنين الأخيرة، وأنفقت ما أنفقت، طمعًا في أن يكون لي منها غلام، تقر به عينها، وتقر به عيني، أما ولم يحقق الله رجائي، فقد رأيت أن تشير عليَّ في هذا الأمر بحضرة هدى!
ولم تنتظر هدى جواب أبيها، بل قالت في صوت تخنقه عبرة تحاول المسكينة التغلب عليها: ألم أقل لك منذ سنتين إنه لا تثريب عليك إن هفتْ نفسُك إلى من يخلد به اسمك؟ لقد كنت أطمع أن أكون أمًّا لهذا الغلام، أما وقد أبت مشيئة الله عليَّ هذه السعادة فأنتَ وما بدا لك! ولن أتحول من التفاني في محبتك، والعيش ما حييتُ في كنف عطفك وحمايتك، والآن أدعك مع أبي، والرأي ما تريان!

وانصرفت الشابة إلى مخدعها، كي تترك العنان لدموعها تخفف عنها هم يأسها، وأي يأس وأي حزن؟ فهذا زوجها يريد أن يتزوج فتكون لها ضرة مرجوة الخلف، إذ هي عاقر عقيم! هذا هو الستار الأسود الذي يحجب عن ناظرها، وعن أملها، كل رجاء في النعيم!
وماذا يريد طارق أن يقول لأبيها؟ أَبَلغ من أمره أنه يريد تطليقها؟! تلك إذن الطامة الكبرى، والنازلة القاضية على حياتها قضاءً مبرمًا، أوَلَيس معنى هذا أن تعود إلى بيت أبيها أمَة رِق لزوجته، تسومها الخسف، وتذيقها الهوان ألوانًا؟
ذلك أمر لا شبهة عندها فيه، أما إن بقيت مع زوجها على ضرة فقد تكون ضرتها عاقرًا مثلها، فيجمع الهم المشترك بينهما، وقد لا تستطيع — وإن ولدت — أن تكسب قلب طارق كما كسبته هي، فيظل لها من المكانة عنده ما يقيها السعير المحتوم في بيت أبيها.
ألم تُدِر زوجة أبيها البخور على رأس أبنائها لتفسد حسد هدى إياهم؟! فإن يكن ذلك رأيها فيها، ولها زوج يحميها وبيت يقيها المذلة، أفتتحرج عن اتهامها بكل منقصة يوم لا يكون لها رجاء إلا في عطف أبيها، وقد أخذت هذه الزوج عليه مسالك قلبه وأمسكت بيدها خلجات فؤاده؟!
وإن ذلك كله ليدور بخاطرها، إذ ناداها أبوها وقال لها: لقد أقررتُ طارقا على أن يتزوج، وقد ترك لك الخيار، إن شئت بقيت على ذمته، أو شئت سَرَّحَكِ سراحًا جميلًا!
وقالت هدى في غير تردد: الأمر في ذلك له، فإن سرحني بقيتُ على الوفاء له ما حييتُ، ولن أحب رجلًا غيره، وإن أمسكني شكرتُ له نبيل عاطفته وسمو نفسه، فهو يعلم أن الذنب ليس ذنبي، وأن عواطفي معه من كل قلبي!
قال طارق: «وأنت يا هدى على عيني ورأسي! وعصمتك من اليوم في يدك وليست في يدي ... ولن أنسى ما حييت أنك سبب هنائي ومفتاح فضل الله عليَّ وعنايته بي!»
وانصرف الأب، وتزوج طارق زوجته الثانية بعد أيام، ولم تبطئ هذه الزوجة الجديدة أن حملت، وفي الأشهر من حملها، شاعت ثقة الرؤساء بطارق نَدْبَه إلى بلد ناءٍ ليعالج أمرًا عجز غيره عن علاجه.
وخشيت الزوجة الجديدة على نفسها وعلى حملها أن تصحبه في سفره، فاصطحب هدى وقضيَا في هذا الندب عدة أشهر. فلما عادَا إلى منزلهما، كانت الزوجة الجديدة وشيكة الوضع، وكان أكبر ما يرجوه طارق أن تضع غلامًا يعينه في شيخوخته ويرثه حين وفاته. فلما علمت هدى أن ضرتها وضعت بنتًا، رفعت كفيها إلى السماء، شكرًا لله أن لم يبلغ خذلان القدر إياها مداه فيمتع طارقا من غيرها بما يحقق له أملًا أبى القدر عليها هي أن تكون مصدره.

•••

وبعد أشهر، حملت الزوجة الثانية مرة أخرى! ثم ذكرت لطارق أن البيت أصبح لا يتسع له ولها ولأبنائها ... ولهدى معهم! فإما أن ينتقل بها، وإما أن ينتقل بهدى، إلى بيت جديد. ولا يستطيع طارق أن يعتذر عن عدم إجابة طلبها بضيق ذات اليد، فهو اليوم في الدرجة الرابعة، وهو مرشح للدرجة الثالثة، وقد استطاع أن يشتري مما اقتصده بعضَ أفدنة زادت إيراده!
دعا إليه هدى، وأفضى إليها برغبة أم ولده، وقال لها: الرأي الآن لك، وأنت تُقَدِّرين أنني مطالَب اليوم، وقد أصبحت أبًا، بأن أقتصد احتياطًا لمستقبل أولادي.
وبكتْ هدى لما سمعت، ولم تحِرْ جوابًا، فاستطرد طارق يقول: أدعو أباك وأدَعُ له الحكم بعد أن أشرح له موقفي، وسأنفذ حكمه على أية حال!

وجاء أبوها، وشرح له طارق ما تحتمه زوجه الجديدة، وأنه لا مفر من النزول على إرادتها، فنظر الرجل إلى ابنته مُغضَبًا وقال لها: كيف ترضين هذا الحكم أيتها الحمقاء؟ إن بيت أبيك يسعك ويسع عشرات معك، وقد ترك طارق أمرك إليك، وهو لا يأبى أن يُسرِّحك إن شئتِ، فما بقاؤك في بيت لم يبق لك مكان فيه؟!

وانخرطت الشابة في البكاء، وقالت وكأنها لا تعي ما تقول: كلا يا أبي، فنار طارق ولا جنة زوجتك!

واستشاط الأب غضبًا حين سمع عبارتها، ورفع يده يريد أن يضربها، فحال طارق بينه وبينها، وخرج الأب الغاضب يلعن ابنته وقلة أدبها، وينسب ذلك إلى ما ورثته من أمها ويقسم إنه لن يرى من بعدُ وجهها!

وأشفق طارق على هذه المسكينة، التي ظلمها القدر، وظلمها أبوها، وأخذ يتلطف بها، ويُطيب خاطرها، حتى هدأت ثائرتُها. ثم قال لها: ماذا عليك أن تقيمي في بيت بعيد عن ضُرتك وأن تَنسي وجودها، إنني لن أنسى أنك كنت عَتَبَة سعد لي، ولن أكون معك إلا على ما يرضيك.

وانتقلت هدى إلى بيت آخر متواضع، وكان زوجها يمر بها بين الحين والحين، وكان انتظارها إياه يطول أحيانًا، فتأخذ بخناقها الوساوس، وكان أشد ما يُفزعها إشفاقها من أن تضع ضرتُها ولدًا يُحقق رجاء أبيه، فلا يبقى لها مكان من نفسه، ولا مكان من بيته، فينتهي إلى تطليقها، وتضطر إلى الرجوع إلى بيت أبيها، والخضوع لِتَحَكُّم زوجته فيها، وذلك عندها هو الجحيم والعذاب المقيم!

كانت هذه الفكرة تتحكم في أعصابها أحيانًا، فتذرف الدمع سخينًا، وترفع عينيها النجلاوين إلى السماء تناجيها: أي ذنب جنت ليكون ذلك جزاءها؟ وتذكر وهي في همها وجزعها قريبات وزميلات لَسْنَ أجمل منها ... بَسمَ لهن الحظ بعد عبوس، ورضي عنهن القدر بعد قسوة!

تلك ابنة خالتها ... تزوجتْ من كهل يكبرها ثلاثين سنة، ومع ذلك أنجبت منه، وهي سعيدة كل السعادة! وتلك زميلتها في المدرسة، التي تزوجت كهلًا هي الأخرى، وبقيتْ معه أكثر من عشر سنوات، توفي بعدها فورثته، وتزوجت شابًّا أنجبت منه البنات والبنين، فهي في رخاء وطمأنينة ورضا، وثالثة، ورابعة، وخامسة ... كلهن يعشن ناعمات راضيات، وليس فيهن من تفوقها جمالًا وذكاء. أما كفاها موت أمها وهي لا تزال في نعومة صباها، وزواج أبيها للمرة الثانية، وقسوة زوجة أبيها بها؟! أما كان عدلًا أن تجزى عن ذلك كله بشيء من السكينة إلى الحياة ... سكينة تُعوِّضها عن أحزانها وآلامها، لكل هذا الذي أصابها؟! أم أن عدالة السماء لا تعبأ بمثيلاتها، وإن لم يَجترحن ذنبًا ولم تكن لهن في الحياة جريرة؟!

إنها اليوم بين نارين: نار ضرَّتِها، ونار زوج أبيها، وزوجها وأبوها لا يستطيعان شيئًا، وقد استبد حب الخلف بالأول، واستبدت كثرة الخلف بالثاني، وبذلك تمكنت ضرتها وزوج أبيها من الرجلين تتحكمان في تصرفاتهما بما تشاءان، ثم يحسب كل رجل منهما أنه صاحب اليد العليا والكلمة النافذة في بيته!

وألحَّ هذا التفكير على هدى، وجعل يساورها ليلها ونهارها، كلما أخذت الوحدة بخناقها، فأظلمتِ الدنيا في وجهها، وفيما كانت أشهر الحمل تتقدم بضرتها، كان هذا التفكير يُحطم صحتها ويذبل نضرتها، فإذا تصورت أن ضرتها ولدت غلامًا، ركبت القشعريرة كل جسدها واضطرب قلبها وحنانها، وبلغت من ذلك أن ركبتها حُمى، حار الأطباء في تشخيصها، وحاروا لذلك في تصوير علاجها، وكانت هذه الحمى تزداد على الأيام شدة، حتى لقد خشي الطبيب المعالج على حياة هدى، بعد كل الذي بذله من عناية فائقة بها!

...

وإنها لتعاني بأساء المرض وضَرَّاءه، إذ دخل عليها يومًا متجهِّمًا والدمع يكاد يطفر من عينيه، وسألته عما به، فلما لم يُجِبْ قالت: لعل الله رزقك بنتًا ثانية؟!

وتَنهَّد طارق، وهز رأسه في حسرة ثم قال: «نعم!»

هنالك أشرقت أسارير هدى، وإن لم تتفوه بكلمة، ومن يومئذ بدأ الطبيب يطمئن شيئًا فشيئًا إلى تقدمها نحو العافية!

وبرِئتِ المسكينة، ثم تعافت واستردت كل صحتها!

وأعْجَبُ من مرضها، ومن إشرافها على الموت، ومن بُرئها... أن هذا المرض كان علاجًا لها فيما عجز الأطباء عن علاجه، فقبل أن تقضي ضرتها أسابيع نفاسها، كانت هدى قد حملت، فلما اطمأنت إلى حملها، أشرق وجهُها، وعادت إليها نضارتُها، وفَرِح طارق من كل قلبه لحملها، وأخذ يعودها كل يوم يسأل عن صحتها، فلما تمت أشهرها وضعت غلامًا، طار طارق فرحًا به وفاضت المسرة بهدى منذ وضعته وأَنْسَتْها ابتسامتُه كل عتابها للقدر وكل شكواها إلى السماء!

وجلس طارق يومًا إلى جانبها وهي جالسة ترضع طفلها، فنظرت إليه بعينين مُلئتا حبًا وقالت: تُرى لو أنك لم تتزوج ضرتي، ولم يبلغ الحرصُ مني أن أوقفني على حافة الموت، أفكان اللهُ يهب لي هذا الغلام الجميل؟

وابتسم طارق لهذه العبارة، ثم قال: إن لله في خلقه شئونًا، وهو وحده الذي يعلم الغيب، وهو أعدل العادلين وأرحم الراحمين!

وبعد هنيهة، التقت شفاههما على يد الغلام البريء الطفل تقبلانه، وقد أضاء قلبيهما نور البشر والسعادة!